LES ROMANS CHOISIS

75 Cent.
LE ROMAN COMPLET

ÉDOUARD PINON

BON AMI

I

Un acte héroïque

Par une belle après-midi du mois d'avril 19.., un jeune homme de vingt-sept à trente ans, à la stature élancée, au visage fier orné d'une fine moustache, se présentait à la grille du château de Villegente.

C'était le docteur René Duclos.

Devant lui se déroulait une longue avenue bordée d'une double rangée de marronniers séculaires.

Piquées par la main d'une artiste incomparable, la Nature, sur la robe verte des grands arbres, des touffes de fleurs rouges et blanches étincelaient aux rayons du soleil.

Dans le fond, le château, bâti comme en plein ciel, sur la haute colline de Villejuif, se détachait sur la lumière crue du jour avec un relief saisissant, montrant sa masse imposante, flanquée de deux tourelles gothiques.

Le jeune homme marchait d'un pas rapide.

Comme il pénétrait dans l'avenue, un vieillard en costume de paysan s'approcha de lui :

— Bonjour, monsieur le Docteur, dit-il sa casquette à la main.

— Ah ! c'est vous, père André, bonjour ! Couvrez-vous donc... Comment va la petite Rose?

— Ah ! mon bon monsieur, c'est ène misère. Elle n'est pas reconnaissable de ce qu'elle était hier. C'est pourtant pas les soins qui lui manquent. Il y a d'abord sa mère qui ne la quitte pas d'une seconde, pauvre dame Henriette !... Il y a ensuite sa tante, la comtesse Louise, ma bonne maîtresse, qui aime tant la petite Rose. Et puis, il y a encore, depuis tantôt, les deux demoiselles Hauteclair, Mam'zelle Marcelle et Mam'zelle Cécile, qui sont venues soigner l'enfant.

— Ah ! Mesdemoiselles Hauteclair sont là ?

— Deux anges du bon Dieu, n'est-il pas vrai, monsieur le Docteur ? dit le père André. Ou plutôt, c'est deux trésors, ces deux belles filles-là, puis qu'elles ont autant de richesse que de beauté. Et d' la vertu... et du cœur, elles ont tout pour elles, quoi ? Ah ! c'est le père André, c'est le vieux jardinier du château qui sera heureux quand Mlle Marcelle sera comtesse.

— Mlle Marcelle, comtesse ! Que dites-vous là ? interrompit brusquement René Duclos, en regardant son interlocuteur.

— Oui, Mam'zelle Marcelle comtesse, pardine, pisqu'elle est promise... Vous ne savez donc pas ça ?

— Promise à qui ?

— Mais au comte Fabien de Villegente, notre jeune maître, qui sera le mari de Mam'zelle Marcelle avant qu'y soit peu.

— Est-ce possible ? s'écria le Docteur qui essaya aussitôt d'effacer l'effet de cette exclamation en balbutiant : Effectivement... On m'en avait déjà parlé... Au revoir, père André.

Il escalada rapidement les marches du perron qui conduisait à la porte principale du château.

Avec l'enjouement de son gracieux visage, le malin pétillement de ses jolis yeux et l'encadrement de ses cheveux aux boucles d'or ruisselant sur ses épaules, Rose Midoux était une adorable fillette de sept ans.

Cœur aimant, intelligence précoce, elle était l'idole de ses parents, Honoré et Henriette Midoux, qui n'avaient qu'elle au monda

Sa mère l'avait amenée deux jours auparavant en promenade au château de Villegente, chez sa sœur, la comtesse Louise.

L'enfant s'était plainte le matin, d'un malaise indéfini.

Dans l'après-midi, il faisait un beau soleil. Elle avait voulu sortir.

Tandis que le père, un des plus forts commerçants de Villejuif, avec sa vente de lait en gros, restait au bureau pour surveiller le départ ou l'arrivée des voitures qui desservaient presque tous les quartiers de Paris, la mère et la fille s'étaient rendues au château.

Au cours de cette visite, l'indisposition de Rose s'était accrue au point qu'il avait fallu la mettre au lit.

Mandé en toute hâte, le Docteur Duclos ne s'était prononcé ni ce jour-là, ni le jour suivant, sur la nature du mal.

Henriette n'avait pas quitté le chevet de sa fille.

Dans la matinée du troisième jour, le médecin constata une certaine aggravation. La fièvre augmentait, accompagnée de frissons. La peau était brûlante et sèche, le pouls dur et fréquent.

Le front de René Duclos se rembrunit.

Henriette le dévorait des yeux.

Rose elle-même fixait sur lui des regards suppliants.

— Où as-tu mal, ma mignonne ? demanda le médecin.

— Partout, monsieur, murmura la petite.

— Est-ce que tu souffres... à la gorge... là ? fit-il en touchant le cou de l'enfant.

— Oui, un peu, depuis ce matin.

Il regarda dans la bouche de la malade, se releva anxieux, écrivit une courte ordonnance qu'il tendit à Henriette en disant :

— Je reviendrais tantôt.

— Alors, ma fille, docteur..., ma fille est bien malade ?...

— Non, non, je n'ai pas dit cela... Rassurez-vous, mais observez bien mes prescriptions.

Une demi-heure plus tard, malgré le sinapisme et les potions prescrites par le médecin, l'état de l'enfant avait brusquement empiré. Une toux rauque s'échappait par moments du fond de son gosier.

La souffrance et l'effroi arrachèrent des cris à l'innocente :

— Oh ! maman, j'étouffe ! j'ai peur !... A moi, petite maman !

— Qu'as-tu, grand Dieu ? mon ange, mon cher trésor !...

Elle se pencha sur sa fille, devenue soudainement livide.

— Ne va pas mourir, je t'en prie.

Comme si cette prière eût été exaucée, une coloration vive reparut sur le visage de l'enfant.

A ce moment, la comtesse, qui était accourue aux cris de sa sœur et de sa nièce, comprit le péril imminent de la situation.

Elle sonna. La porte s'ouvrit, un domestique parut.

— Auguste, prenez un cheval, dit-elle. Courez chercher le Docteur.

— Bien, madame la comtesse.

— Et mon mari, ajouta Henriette.

— Oui, madame.

En sortant, le domestique s'effaça pour laisser passer Marcelle et Cécile. Les jeunes filles virent, en arrivant, Henriette qui les regardait d'un air égaré. Elles se précipitèrent vers l'enfant.

Rose avait les pommettes rouges comme du feu. Sa douce figure se crispait comme martelée par la souffrance. Elle dardait sur les deux sœurs un œil terrifié, plein de supplications.

Cécile ressentit comme une douleur poignante.

— Qu'as-tu, ma chérie ? demanda-t-elle.

— J'ai mal à la gorge, marraine !... J'étouffe !... J'ai peur !... répondit l'enfant d'une voix éteinte, saccadée.

— Savez-vous ce qu'elle a, ma fille ? articula la mère d'un ton farouche. Elle a le croup..., elle va...

— Taisez-vous donc, Henriette, dit vivement Marcelle. Nous venons vous aider à guérir Rose. Et d'abord, où est l'ordonnance du Docteur ?

— La voici, répondit la comtesse, tendant un papier.

— Vous l'avez exécutée ?

— Oui, cela n'a rien fait.

— Le Docteur vous a recommandé en ce cas, intervint Cécile, de faire vomir la malade. Avez-vous de l'émétique ?

— Venez, dit la comtesse.

Cécile se hâta de suivre la châtelaine.

A cet instant, la petite malade retomba dans une horrible crise.

Le chant du coq, le chant lugubre, se faisait entendre, présageant l'ago-

[illegible]

[illegible] en criant :

— Oh ! maman, au secours ! [illegible]

— Que faire ? [illegible] Cécile.

— Et ce docteur ! s'écriait la mère affolée, [illegible]

Marcelle courut à la fenêtre [illegible]

— Le voilà !...

En arrivant dans la chambre, René vit comme dans un [illegible] tacle émouvant de ces femmes qui le regardaient, muettes, [illegible] visage baigné de larmes.

Il n'eut aucune hésitation en écoutant la respiration [illegible] sifflante, de la petite martyre.

— Sauvez ma fille ! Sauvez mon enfant !... implora la mère.

Il prit sa trousse.

— Vous l'avez fait vomir ? demanda-t-il à Marcelle.

— Oui, voici ce qu'elle a rendu, répondit la jeune fille en montrant les filaments légers qu'elle avait recueillis.

— Ce n'est pas assez !... Oh non !... Allons, il le faut...

En prononçant ces paroles, René se courba sur l'enfant qui râlait.

La mère le vit, eut presque l'intuition de ce qui allait se passer.

— Qu'allez-vous faire, docteur ?

— Aspirer les membranes qui l'étouffent, afin de pouvoir ensuite [illegible]

— Non, non, c'est moi qui dois le faire.

Henriette veut éloigner le docteur pour prendre sa place.

René la repousse doucement.

— C'est mon affaire, dit-il.

— Mais il y a danger de mort pour la personne qui se dévoue.

— Raison de plus.

Et, d'un mouvement intrépide, il se pencha de nouveau sur la petite mourante. Il colle ses lèvres à celles de Rose qu'il a entrouvertes et [illegible] à plusieurs reprises à une aspiration longue, énergique, [illegible] le souffle lui manque.

En se relevant, il crache dans une cuvette quelques parcelles de [illegible] membrane qu'il a pu extraire.

Il recommence aussitôt, sans aucun souci du danger. Il sait que [illegible] cette opération, plus d'un médecin, plus d'un étudiant en médecine [illegible] inoculé le mal implacable et a succombé en quelques jours.

Qu'importe !... Il remplit son beau devoir.

— C'est bien, docteur, murmure Marcelle avec un regard d'admiration.

— Emmenez la mère, réplique le docteur sur le même ton, en se relevant.

Henriette, qui a entendu, le voit prendre dans sa trousse un instrument d'acier à la pointe aiguë.

— Qu'y a-t-il encore ? balbutie-t-elle. Oh ! mon Dieu !... ma fille [illegible]

Retombée dans un morne abattement, l'enfant respirait de nouveau [illegible] stridences de mauvais augure.

— Je vous en supplie, Madame, dit le docteur à la mère, éloignez-vous [illegible] pitié pour votre enfant. Une opération est nécessaire. Je viens de [illegible] la force de la supporter. Mais votre présence peut tout compromettre. [illegible] laissez-moi la sauver, s'il en est temps encore. Retirez-vous.

— Non, non, je veux rester, je veux voir... Je suis la mère [illegible]

— Allons, venez, puisqu'il le faut.

En prononçant ces mots, Marcelle parvient à l'écarter du lit [illegible] au fond de la chambre.

[illegible] l'instant, René fait signe à Cécile qui prend la cuvette et les [illegible] découvre le cou de Rose, saisit la trachée entre ses doigts et l'incise [illegible] dement d'un coup de bistouri.

La patiente a jeté un cri vite étouffé. Henriette veut courir à elle.

— Laissez-moi ! Laissez-moi ! Il va tuer ma fille !

Mais Marcelle maintient ses bras autour de la mère et l'engage à [illegible] puisque le salut de sa fille en dépend.

Cependant l'opérateur introduit une plume barbelée dans la [illegible] et ramène les fausses membranes qui ont envahi [illegible] de la trachée et il glisse dans la plaie sanglante la [illegible] [illegible]

— C'est fait. L'enfant a une gorge artificielle. Elle peut respirer. Son visage n'a plus de contractions douloureuses.

La mère s'est rapprochée... Elle est pâle, horriblement angoissée.

— Eh bien ! Monsieur Duclos, gémit-elle. Ma Rose est-elle sauvée ?

— Peut-être, Madame, espérons-le.

— Vous l'espérez bien, n'est-ce pas ?

— Oui, oui, répond-il d'un ton résolu. Seulement, il faut une prudence, une attention de tous les instants. Rose ne doit pas remuer, songez-y bien. Pas de bruit autour d'elle. Ne l'embrassez pas, ne lui parlez pas. Sa vie est à ce prix...

— Oh ! oui, Monsieur Duclos, vous êtes notre sauveur.

En ce moment, la porte s'ouvre de nouveau. Honoré Midoux paraît sur le seuil. Il est accouru en toute hâte à l'appel du cocher, qui n'a pu lui dire qu'une chose, c'est que le péril était imminent.

Ses regards se portent sur le lit...

Ses jambes vacillent et semblent fléchir.

— Chut ! fait aussitôt le docteur en mettant un doigt sur sa bouche.

— Honoré ! dit Henriette à voix basse. Notre pauvre ange a failli mourir. Elle a le croup, comprends-tu ?

— Le croup ! Est-ce possible ? s'écrie le père, effrayé, avançant vers le lit.

— Oui, monsieur, intervient le docteur en l'arrêtant. J'ai dû l'opérer et lui poser un appareil. Elle va mieux. Elle vous regarde. Elle semble vous reconnaître... Mais il vaut mieux lui épargner tout effort de mémoire, toute émotion... Elle ne peut plus parler, et je voudrais autour d'elle le moins de monde possible.

— Je ne veux pas la quitter, dit la mère.

— Je vous demanderai une grâce, docteur, ajoute Cécile.

— Laquelle, mademoiselle ?

— Permettez-moi de rester ici auprès de Rose pour être sa garde-malade, pour aider sa mère.

— Voilà une permission que je suis heureux de vous donner. Vous avez été tout à l'heure d'un précieux secours pour le médecin. J'ai confiance en vous. Maintenant, il faut nous retirer. Allons, monsieur Midoux, du courage. Regardez Rose encore une fois et venez.

Le père jette un regard passionné sur son enfant. Puis il embrasse sa femme et sort en disant avec une voix pleine de sanglots :

— Veille-la bien, guéris-la, mais préviens-moi tout de suite, à la moindre alerte. Merci, mademoiselle Cécile, merci.

En mettant le pied dans un vaste couloir du rez-de-chaussée, René, Marcelle et Honoré aperçoivent la comtesse qui vient à leur rencontre.

Ils s'empressent alors au-devant d'elle. Ils la suivent dans un salon voisin. Le docteur raconte sommairement ce qui s'est passé.

— Le docteur ne dit pas tout, interrompt Marcelle.

— Quoi encore ? fait le père bouleversé.

— Mais M. Duclos a accompli une action héroïque qui peut lui coûter la vie.

— Hé ! laquelle, grand Dieu ? demande la comtesse.

— Voyons, mademoiselle, à quoi bon donner tant d'importance au fait le plus ordinaire ? ajoute René avec un accent de reproche.

— Je vous demande pardon, ce n'est pas un fait ordinaire. Jugez-en, madame la comtesse, et vous aussi, monsieur Midoux. M. Duclos a aspiré avec sa bouche les fausses membranes qui obstruaient la gorge de l'enfant. Il s'est exposé, pour ainsi dire, à boire la mort aux lèvres de Rose.

— Vous avez fait cela ? Oh ! monsieur Duclos ! dit le père en proie à la plus vive émotion. Comment reconnaître un pareil dévouement !...

Et Honoré Midoux pressait entre ses mains celles de René et, par un geste inconscient, les portait à ses lèvres.

— Pardon, monsieur, observa le praticien en rompant l'étreinte trop démonstrative de son interlocuteur. Vous exagérez. Je n'ai fait que ce que tout autre médecin eut fait à ma place.

La comtesse Louise voyait avec déplaisir éclater chez Marcelle un sentiment d'enthousiasme pour le docteur.

Marcelle Hauteclair, c'était presque déjà la femme de son fils, de son Fabien qui était toute son existence, qui absorbait toutes ses facultés.

Au nom de son fils, elle éprouvait de la jalousie contre cet homme jeune, contre ce beau docteur, qui parlait ainsi à l'imagination de la jeune fille. Aussi s'empressa-t-elle d'ajouter :

— En effet, il faut considérer les choses comme elles sont. Ce que M. Duclos vient de faire est très beau, mais cela n'a rien d'extraordinaire.

Nous lisons fréquemment dans les journaux le récit d'exploits de ce genre, accomplis même par des débutants dans la carrière médicale.

— Certainement, confirma le médecin.

— C'est l'honneur de la profession, madame la comtesse, répliqua Marcelle d'une voix haute en se levant.

La comtesse de Villegente avait manqué son but. Loin d'avoir diminué le mérite de René Duclos dans l'esprit de la jeune fille, elle n'avait réussi qu'à le rehausser par l'injustice de son langage.

— Je pars, continua Marcelle, et j'emmène M. Midoux, mais pas avant d'avoir encore des nouvelles de Rose. Eh bien ! docteur, voulez-vous nous en apporter ?

— Très volontiers.

Au bout d'une minute, le docteur revint, disant :

— Cela va aussi bien que possible. Rose a de la fièvre, c'est inévitable. Mais elle dort d'un sommeil calme.

— Dites-moi la vérité, docteur, je vous en prie, fit Honoré. Pensez-vous guérir mon enfant ?

— Peut-être, répondit René avec une certaine assurance.

— Peut-être, non pas, monsieur, mais sûrement, ajouta Marcelle en esquissant un doux sourire. Voilà ce qu'il faut dire et faire.

— Vous l'ordonnez, mademoiselle, j'obéirai, répliqua René en s'inclinant devant Mlle Hauteclair qui s'éloignait.

En écoutant ces dernières paroles, la comtesse était furieuse contre les deux jeunes gens.

Elle reconduisit, en compagnie du docteur, jusque sur le perron, M. Midoux et Marcelle.

Louise de Villegente ne pouvait plus contenir son dépit. Est-ce que son fils, le comte Fabien, allait avoir un rival dans la personne de ce petit médecin de village, sans sou ni maille, qui se permettait de faire le coq devant les plus riches héritières du canton ?

Non, non, elle allait le mettre à la raison, ce méchant carabin.

Quoique irritée, elle entama l'entretien d'une voix doucereuse.

— N'est-ce pas que vous la trouvez belle, Mlle Marcelle ?

Etonné de cette question, le docteur sentit un piège, une souffrance dans la conversation qui s'offrait à lui. La souffrance, il la connaissait déjà depuis la révélation du vieux jardinier. Il avait ressenti à ce moment comme une pointe acérée le piquer au cœur. Que lui importait ?

Il contempla une dernière fois la charmante silhouette qui disparaissait, au galop de deux poneys d'Ecosse, au bout de l'avenue de marronniers en fleurs, et il répondit :

— Mlle Marcelle est belle d'une beauté complète. Chez elle, le corps est la magnifique enveloppe d'une belle âme.

— C'est mon avis, monsieur, et aussi celui de mon fils Fabien.

— Vous pourriez ajouter aussi, madame, que notre opinion, si flatteuse qu'elle soit, est sûrement celle de tout le monde.

— Sans aucun doute, mais il y a manière de faire l'éloge des personnes. Vous, en particulier, docteur, vous parlez sur un diapason qui pourrait étonner un peu ceux qui vous entendent.

— Pourquoi cela, madame ?

— Pourquoi ? Mais uniquement parce que l'enthousiasme que vous y mettez ne peut convenir qu'à un amoureux ou un fiancé, et que vous n'êtes et ne pouvez être ni l'un ni l'autre.

Le coup était porté, avec un geste brutal, inattendu.

Le jeune homme se raidit contre le choc, comprima son émotion et répliqua sans aigreur, avec une mélancolie mêlée de fierté :

— Je ne suis ni l'un ni l'autre, c'est vrai, madame. Toutefois, il m'est permis d'avoir et de professer pour Mlle Marcelle une admiration respectueuse, de loin, de très loin même, sans blesser les convenances.

— Non, certes, et je vous autoriserai volontiers à garder la même posture vis-à-vis de Mme la comtesse Marcelle de Villegente, lorsque Mlle Hauteclair sera devenue la femme de Fabien.

La douloureuse nouvelle se confirmait.

Le jeune homme s'inclina devant la châtelaine qui eut sur les lèvres le glissement d'un mauvais sourire. Mais elle aperçut aussitôt, à la fenêtre de la chambre de Rose, le rideau se soulever pour montrer Cécile qui suivait des yeux le départ du médecin.

Un soupçon lui traversa l'esprit.

— Ah ! celle-là, murmura-t-elle entre ses dents, jamais non plus ! Cécile pas plus que Marcelle ! Je saurai bien enrayer toute tentative de flirt d'un côté comme de l'autre.

Au moral comme au physique, Marcelle et Cécile Hauteclair réalisaient deux types de beauté pure avec des aspects différents.

Cécile, la plus jeune, âgée de dix-huit ans, un peu pâle encore et gracile comme beaucoup de jeunes filles à ce moment de leur éclosion, avait la plus radieuse tête de vierge qu'on pût rêver avec ses yeux d'azur et ses cheveux d'or éclatants.

Marcelle, l'aînée de deux ans, plus femme, plus forte, ayant le visage illuminé de deux grands yeux noirs et surmonté d'une lourde chevelure de jais, était irréprochablement belle.

Il y eut une sorte d'attraction secrète entre les deux sœurs et le jeune médecin.

Marcelle n'avait pas tardé à faire une impression très vive sur [illegible] Duclos.

Il ne s'en était pas rendu compte tout d'abord. Il avait fallu la confidence du jardinier et la déclaration de la comtesse pour l'éclairer sur la vivacité de ses sentiments et de ses préférences.

Or, au moment où il découvrait en son cœur l'empreinte profonde d'une image adorée, il n'avait plus qu'à reconnaître qu'il s'attachait à une chimère. Marcelle, en effet, était fiancée depuis des années au jeune comte Fabien de Villegente.

Avant la maladie et la mort du vieux comte Rodolphe, parti une année auparavant, il avait été question de ce mariage entre lui et M. Hauteclair. La mort du comte en avait ajourné l'accomplissement.

Aujourd'hui, ce projet surgissait de nouveau, avec les plus grandes chances d'exécution. M. Hauteclair tenait essentiellement à cette alliance qui flattait son orgueil.

Industriel avisé, à la tête d'une grosse fortune, il avait une faiblesse, il était entiché de la particule, du titre nobiliaire, et il voulait mettre la comtesse Marcelle dans un lit de roses avec une dot de deux millions.

Un incident survint qui pouvait tout remettre en question.

Après la guérison de Rose, Fabien de Villegente se trouvait [illegible] depuis quelques jours, à la demande de sa mère.

C'était un jeune homme de vingt-six ans, de belle mine, ayant une distinction native, une mise recherchée, calquée sur le dernier modèle.

Il aimait énormément les boulevards, les coulisses de théâtre, les courses, les plages normandes et son cercle, l'Épatant, dont il était l'assidu.

C'est ainsi que, sans rien faire, il dépensait facilement tout ce que sa mère pouvait distraire des 80.000 francs de rente qui restaient de l'immense fortune des Villegente, dans laquelle le défunt comte avait pratiqué une brèche effroyable.

Son fils n'avait pas encore le même appétit. Il était du reste d'une nature indolente et molle, très soumise à l'autorité maternelle.

Il accourut à l'appel de la comtesse.

— Écoute-moi bien, lui dit-elle après quelques mots de [illegible] Il y a ici, à Villejuif, une jeune fille qui a tout pour elle, esprit, [illegible] fortune, et dont tu dois faire ta femme. Comment se fait-il que [illegible] négliges, au point de rester un mois absent ? Je croyais que tu [illegible] l'affection pour elle.

— Mais, maman, je l'adore, Marcelle, tout le monde le sait. [illegible]ment, comme il est convenu que notre grand deuil durera un an.

— Oui, et c'est moi, une femme, qui dois faire la cour pour [illegible] tu crois que c'est la même chose. Je ne suis pas de force à lutter [illegible] pareil terrain contre un jeune chevalier armé de deux beaux yeux [illegible] air conquérant, de propos séducteurs et, je dois ajouter, de la plus [illegible]lante renommée.

— Est-ce qu'il existe, ce chevalier-là ?

— Peut-être. Prends-y garde. Marcelle est digne d'un roi. Aujourd'hui les rois sont rares. Un comte peut prendre leur place. Mais à défaut [illegible] comte, on arriverait à se contenter d'un simple roturier.

— C'est effarant ! Quel est-il ?

— Ouvre les yeux et tu verras.

A la suite de cet entretien, Fabien était allé faire une visite à M. Hautéclair et présenter ses respectueux hommages à Mlle Marcelle.

Installé sérieusement au château, il avait eu l'occasion de rencontrer plusieurs fois M. René Duclos, sans se douter que ce petit médecin était le rival dangereux, désigné par sa mère.

Un matin qu'il venait de faire une visite médicale au château, René s'en retournait tout rêveur par l'avenue principale.

Comme il touchait à la grille, il aperçut, à quelques pas, un corps sur le gazon, au delà de la ligne des marronniers.

Il s'approcha vite. Le corps se tordait dans une série de convulsions.

Le docteur se pencha, et ne put réprimer une exclamation de surprise.

— Mais c'est M. Fabien! Est-ce possible?

C'était lui-même, la face congestionnée, les yeux injectés, l'écume aux lèvres. Le malheureux jeune homme était atteint d'une maladie que rien n'avait pu enrayer.

Ces grands accès n'étaient pas fréquents, trois ou quatre par année, avec la sève du printemps, avec l'évolution rigoureuse de l'automne.

Mais une émotion très vive pouvait aussi les provoquer en toute saison.

La comtesse Louise guettait le départ du docteur et observait en même temps la fenêtre d'une chambre où se trouvait Cécile.

Elle constata que le rideau de cette fenêtre s'était déplacé pour laisser entrevoir le visage de la jeune fille. Elle se pinça les lèvres de mauvaise humeur et reporta sa vue sur le médecin.

Aussitôt, elle le vit émerger sur la droite de l'avenue, bondir dans l'herbe, se courber et soulever un homme étendu.

— Ah! Grand Dieu! Si c'était!...

Son sang n'eut qu'un flot jusqu'à son cœur. Elle s'élança hors du château et courut à travers le gazon jusqu'au groupe terrifiant.

— C'est toi, mon cher enfant! s'écria-t-elle en se jetant sur Fabien pour l'essuyer et le couvrir de baisers.

Son fils était son seul amour au monde. Le cruel mal dont il souffrait le lui rendait plus cher encore.

— Aidez-moi, Monsieur, à le transporter tout près, derrière cette touffe d'arbustes. Il est inutile que d'autres personnes soient témoins de ce malheur.

— A votre disposition, Madame.

Quand ils l'eurent déposé à l'endroit désigné, Louise de Villegente mit un genou en terre pour soulever la tête de son fils.

— Vous avez notre secret, Monsieur, dit-elle au docteur en relevant son front. Je ne vous ferai pas l'injure de vous demander le silence. Je vous prierai seulement de mettre vos lumières à notre service.

— Vous pouvez compter, Madame, sur ma discrétion comme sur mon entier dévouement.

C'était tout ce qu'elle voulait.

Elle connaissait assez la nature loyale de cet homme pour être certaine qu'il ne parlerait pas.

Fabien ne tarda pas à reprendre connaissance. Il regarda autour de lui, vit sa mère et René Duclos. Il se leva, disant d'un ton dégagé:

— Encore un de ces maudits étourdissements! Oh! ce n'est rien. Cela n'a pas d'importance. N'est-ce pas votre avis, docteur?

— Tout à fait mon avis, Monsieur, concéda René, très surpris de cette singulière assurance. Seulement, prenez soin de vous reposer ce matin. Je reviendrai vous voir tantôt.

— Oh! inutile, docteur, inutile...

— Si, si, intervint la mère. Il est nécessaire que tu prennes une consultation cette après-midi.

— Tu crois, mère? Alors, c'est différent. Je vous prie, Monsieur, de me compter au nombre de vos clients.

La comtesse avait ainsi atteint le but qu'elle s'était proposé.

Le docteur revint au château l'après-midi. Il y fut reçu très aimablement. Fabien ne ressentait aucun mal.

— Vous voyez, docteur, dit-il, je n'ai rien. Tâtez, auscultez à votre aise. Vous me trouverez solide comme le Pont-Neuf.

— Tu n'as rien, c'est évident, reprit la mère. Il n'en est pas moins nécessaire de suivre un régime sérieux pour combattre ces faiblesses que tu éprouves deux ou trois fois par an, tout au plus.

René comprit qu'on voulait lui donner le change sur la crise nerveuse bien caractérisée qu'il avait été à même de constater le matin.

Il abrégea sa visite, écrivit une ordonnance contenant la prescription d'un régime et s'éloigna.

Il n'était pas dupe de cette comédie.

Seulement, un flot de tristesse et d'amertume inondait son cœur.

Il songeait à Marcelle, à cette créature adorable entre toutes, qui était la fiancée de cet homme. Elle, la splendide jeune fille, au sang pur, à l'âme sans détours et sans tache, à l'intelligence d'élite, devenir la femme de ce pauvre garçon sans caractère, à la cervelle vide, à la constitution débile et malsaine!

Est-ce que cela pouvait arriver?

Ce Fabien, dernier rejeton d'une race abâtardie, n'aurait que des enfants atteints de l'affreux mal. Et Marcelle en serait la mère, la mère malheureuse, la mère inconsolée!

Est-ce qu'il n'y avait pas moyen d'empêcher ce monstrueux hymen?

Quelques jours se passèrent durant lesquels Fabien et sa mère se rendirent plusieurs fois chez M. Hauteclair. C'en fut assez pour que les bruits d'un mariage imminent courussent tout Villejuif.

René Duclos en fut bouleversé... Lui seul, en dehors de la mère et du fils, connaissait le fatal secret. Lui seul pouvait empêcher le malheur de Marcelle de s'accomplir.

Eh! bien! oui, il le pouvait, sans violer le secret professionnel.

Il irait parler à la mère; il n'y aurait pas d'autre moyen.

Il alla demander à la comtesse la faveur d'un entretien particulier.

Dès les premiers mots, elle comprit le motif inattendu de la visite.

Elle répliqua par une protestation énergique :

— De quel droit venez-vous vous immiscer dans des arrangements de famille qui vous sont absolument étrangers? Je ne devrais pas vous écouter une seconde de plus. Je devrais même sonner et vous faire reconduire comme un intrus mal élevé. Mais soit, je veux bien vous répondre et vous dire ceci : ce mariage est le vœu le plus cher de M. Hauteclair, comme c'est le mien. Il se fera.

— Il ne doit pas se faire.

— Est-ce vous qui l'empêcherez?

— Non, c'est vous.

— Allons donc! Je le désire, au contraire, et le hâte de toutes mes forces. Du reste, Marcelle et Fabien s'adorent. Je n'ai d'autre souci sur terre, vous devez le savoir, que le bonheur de mon fils.

— Je sais que vous êtes une mère toute dévouée. Si j'ai osé entreprendre cette démarche, c'est parce que je voulais m'adresser au cœur de la mère. Ma conviction est que le mariage sera pour votre fils une source de déceptions et de déboires. C'est dans son intérêt, Madame, qu'il faut renoncer à cette alliance...

— C'est insensé, Monsieur, ce que vous dites là. Cette alliance est tout ce que mon fils et moi, pouvons désirer de plus honorable, de plus heureux. Mon fils trouvera dans son union avec Mlle Marcelle le sort le plus enviable qui soit au monde.

Louise de Villegente avait prononcé ces paroles lentement, fortement, comme si elle eût voulu la faire pénétrer dans le cerveau de son interlocuteur.

Elles y pénétrèrent, en effet, comme autant de pointes acérées.

Le docteur en éprouva une douleur cuisante... Il répondit vivement :

— Et à elle, quel sort lui réservez-vous? Elle si noble, si belle, si pure!...

— Ah! Ah! interrompit la comtesse avec un mauvais sourire. Je vous attendais là, Monsieur. Quel enthousiasme! Vous en êtes épris, à ce que je vois! Je comprends votre dessein. Vous voulez marcher sur nos brisées. Si votre démarche est audacieuse, elle n'est pas désintéressée.

— Il n'entre dans ma démarche, croyez-le bien, Madame, aucun calcul.

— Je n'en crois rien et je vois clair dans votre jeu depuis longtemps. Mais enfin pourquoi voulez-vous donc que mon fils vous cède la place? Il est digne de l'occuper, ce me semble, et il l'occupera avec plus d'éclat que vous ne pourriez le faire. Il apportera du moins à sa femme une fortune respectable, un nom illustre, un titre brillant...

— Et un sang misérable! répliqua René poussé à bout par le ton sarcastique et méprisant de la comtesse.

— Que voulez-vous dire? interrogea-t-elle hardiment.

— Votre fils est épileptique.

— Vous exagérez, mon cher, fit-elle en reprenant son calme ironique. Parce que vous avez vu le comte Fabien, qui était très fatigué l'autre jour, tomber en faiblesse, vous en avez conclu à une maladie grave. C'est le diagnostic d'un rival et non d'un médecin.

— Il n'y a pas de rival, il n'y a qu'un témoin impartial, clairvoyant.

— Eh bien ! pour votre gouverne, sachez que M. le comte Fabien n'a eu qu'une crise sans conséquence, dont il est complètement guéri.

— Pas du tout, Madame.

— Je l'affirme, moi.

— Je puis affirmer le contraire.

— Vous voulez nous dénoncer à M. Hauteclair. Allez, faites. Je vous

... Avec son lorgnon impertinemment rivé au coin de l'œil (*p. 11*).

dénoncerai d'autre part, en rétablissant la vérité. Il me sera facile de démontrer que mon fils jouit d'une santé inaltérable. Et alors on vous jugera. On saura comment le médecin de mon fils entend le respect du secret professionnel, puisqu'il le dira atteint d'un mal terrible qu'il aura inventé, et l'on jugera le diffamateur sacrilège. On saura, oui, on saura quels sont les moyens odieux que vous prenez pour supplanter un client, pour lui voler sa fiancée !

— Je suis incapable de ce que vous dites ; vous le savez bien. Je dédaigne vos insinuations et vos astuces... Mais, une dernière fois, renoncez à ce mariage. Vous feriez le malheur de Mlle Hauteclair, et en même temps, vous m'entendez bien, celui de votre fils.

— En voilà assez, Monsieur !

[illegible]

[illegible] désespéré.

S'il ne s'était pas clairement expliqué jusqu'alors le sentiment qui lui inspirait tant d'intérêt pour Marcelle, la comtesse Louise venait de le lui révéler. C'était vrai, il était amoureux de la jeune fille. Au moment où il faisait cette découverte en lui-même, tout était perdu. L'objet de son culte allait appartenir à un autre, à un indigne.

Il y avait une troisième jeune fille qui aimait beaucoup aussi René Duclos. C'était la petite Rose que sa mère amenait souvent chez M. Hauteclair, non seulement parce que l'enfant avait le bonheur de jouer avec Cécile, sa marraine, mais encore parce qu'elle comptait bien y trouver celui qu'elle appelait bon ami.

Henriette Midoux ayant fait un reproche de cette familiarité à sa fillette, un jour qu'elle la conduisait, elles arrivèrent justement dans un groupe formé de Marcelle, de Cécile et de René.

L'enfant courut à eux, les embrassa tous les trois en disant au docteur :

— Est-il vrai, bon ami, qu'il n'est pas convenable que je t'appelle comme ça ?

— Ah ! par exemple, ma bonne petite Rose, je voudrais bien savoir qui trouve que ça n'est pas convenable ?

— C'est maman, puisqu'il faut le dire.

— Tu es une petite bavarde, fit Henriette, mécontente. Tu n'avais pas besoin d'en parler au docteur.

— Oh ! Madame, reprit René, laissez-la faire, je vous en prie. Rien ne m'est plus agréable que de l'entendre m'appeler bon ami.

— C'est vrai ! s'écrièrent joyeusement Marcelle et Cécile.

— Dame, oui, maman, je ne te comprends pas, dit naïvement la fillette. Je l'appelle bon ami parce que je l'aime et que je ne suis pas une grande demoiselle comme Marcelle et Cécile qui l'aiment bien aussi.

Les deux demoiselles Hauteclair devinrent rouges et confuses.

Le docteur lui-même parut embarrassé.

La mère, qui embrassa la scène d'un coup d'œil, fut tout à fait vexée. Elle prit Rose par le bras et, la ramenant brusquement à elle :

— Tu n'es qu'une petite sotte, fit-elle d'une voix sévère, tu ne sais pas ce que tu dis. Je ne te ramènerai plus auprès de ta marraine.

Décidée par le ton et le geste de sa mère, l'enfant se mit à pleurer.

Cécile en profita pour courir à elle et s'arracher soi-même à son trouble.

— Ne pleure pas, mon doux bébé, ta mère est une méchante.

— C'est cela, gâtez-la donc encore davantage, dit la mère en souriant.

Tandis que Rose accaparait l'attention de Cécile et d'Henriette, René contemplait Marcelle dont le cœur avait tressailli aux paroles de l'enfant et dont le visage empourpré trahissait l'émotion secrète.

Sous ce regard, Marcelle se troublait encore plus et sa beauté en revêtait une expression inaccoutumée. C'était comme un incendie mystérieux auquel prenaient feu les prunelles du jeune homme.

L'amour de Marcelle grandissait dans le cœur de René comme une plante vivace, envahissante, dans une serre chaude. Et pourtant, que d'obstacles la séparaient de lui ! Et pourtant, une destinée marâtre allait la jeter dans les bras d'un autre.

A cette pensée, il frémissait de terreur et de colère.

Une lutte incessante se livrait entre sa conscience et son cœur. La première le rappelait sévèrement à l'observation de son devoir.

Le second lui criait : C'est une chose monstrueuse qui va s'accomplir, il faut l'empêcher à tout prix. Le silence consommerait le malheur de Marcelle. Il serait criminel, infâme. Allons donc, je parlerai, je la défendrai, je la sauverai !

Ayant pris cette résolution, le docteur se dirigea instinctivement du côté de la fabrique de M. Hauteclair.

La comtesse de Villegente n'avait pas été sans apprendre les assiduités inquiétantes du médecin dans cette maison. Elle voulait âprement pour son fils Marcelle, sa dot et ses espérances.

Aussi avait-elle pris les devants sur son adversaire depuis deux jours en allant trouver M. Hauteclair.

— Quelques minutes avant la mort de mon mari, lui dit-elle, vous lui avez promis de donner la main de Marcelle à mon fils Fabien.

Il y a treize mois de cela. Je viens vous rappeler cette promesse. Mon fils a vingt-six ans, votre fille aînée en a vingt. Ils sont arrivés [illegible] deux à un âge convenable. Vous plaît-il, monsieur, que nous songions à leur établissement ?

— Je vous remercie, madame la comtesse, de l'honneur que vous me faites, répondit l'industriel. La promesse que vous voulez bien me rappeler, je ne l'ai pas oubliée. J'ai toujours considéré ma fille comme la fiancée de M. Fabien, à telles enseignes que j'ai évincé, dans le cours de cette année, trois prétendants très sérieux qui voulaient se présenter. Je n'ai même écouté aucune ouverture à ce sujet.

— C'est loyal, cela. Votre réponse me fait le plus grand plaisir.

— L'entrée de Marcelle dans votre famille m'a toujours souri et même flatté. Je n'ai pas changé d'avis. M. Fabien a-t-il au moins jeté sa gourme ?

— Oh ! je vous en réponds. Il est complètement rassasié de la cuisine frelatée des restaurants comme des figures fardées des petites dames. Du reste, il est passionnément épris des charmes et du grand air de votre fille. Son plus vif désir est d'en faire sa femme au plus tôt et de pouvoir présenter dans le monde la comtesse Marcelle de Villegente.

C'était l'ambition de ce titre qui flattait le plus M. Hauteclair. Louise de Villegente s'en doutait un peu. Hélas ! ce sentiment, elle le connaissait d'autant mieux qu'elle l'avait éprouvé elle-même pour le malheur de sa vie.

A la suite de cette conversation, la comtesse Louise amena son fils à la superbe maison d'habitation, voisine de la fabrique. Ils revinrent y passer plusieurs soirées, et leurs visites prirent un caractère de régularité dont le sens n'échappa à personne.

D'ailleurs, Fabien comblait Marcelle de splendides bouquets blancs, touffes de camélias en corbeilles rustiques, lys et roses en coupes de cristal taillé sur pieds d'or, gardénias et jasmins en gerbes, groupant artistement leurs corolles neigeuses dans d'énormes vases dont les émaux et les formes étaient signés de noms célèbres.

Quand arrivaient ces merveilles fleuries, l'une des deux demoiselles Hauteclair se montrait joyeuse, s'extasiait, battait des mains. L'autre les regardait avec une froide indifférence.

Chose singulière ! La première, c'était Cécile ; la seconde, Marcelle.

Celle-ci se sentait même parfois agacée au delà de toute expression par les démonstrations beaucoup trop vives de celle-là.

C'était bien pis, lorsque le donateur survenait lui-même dans la soirée avec son lorgnon impertinemment rivé au coin de l'œil, son gilet ouvert jusqu'à la ceinture, sa chemise ornée de larges boutons jaunes comme la robe d'un mandarin, ses gants beurre frais brodés de fortes côtes noires et son claque à la main. Cécile était heureuse. Elle avait de folles envies d'éclater de rire.

Elle se retenait, parce qu'elle ne voulait pas avoir l'air de se moquer du fiancé de Marcelle, de le déprécier, parce qu'elle ne voulait pas le lui faire prendre en grippe...

En somme, la situation de Marcelle restait la même. Elle subissait, contre son gré, la volonté de son père et le courant d'idées admises depuis longtemps autour d'elle, qui en faisaient la future épouse du comte.

Et puis, aucune manifestation ne s'était produite de la part de René Duclos pour la décider à prendre une autre attitude.

Tel était l'état des esprits, lorsque le docteur décida qu'il ferait opposition au mariage de Marcelle et de Fabien.

On était au mois de juin. La journée avait été très chaude. Le soleil très haut encore sur l'horizon, répandait de brûlants rayons sur le plateau de Villejuif.

La villa Hauteclair se trouvait nichée dans un vaste bouquet d'arbres qui en faisait la plus agréable résidence d'été.

Lorsqu'il mit la main sur la porte et pénétra dans l'allée du milieu, le docteur, demeuré soucieux, répétait à haute voix :

— Oui, je parlerai à M. Hauteclair.

En avant du pavillon, à côté de la vérandah vitrée qui faisait saillie sur la façade du bâtiment et servait de salle à manger, se dressait une tente spacieuse formant salon d'été.

Il y avait là un amoncellement artistique de sièges en bois recourbé, de sofas, de coussins, d'orangers, de palmiers, de lauriers roses. Dans un angle, un superbe phénix étalait comme une gerbe de verdure ses longues branches pennées que le moindre vent agitait ainsi que des éventails.

A cette heure de l'après-midi, Marcelle et Cécile se tenaient sous la tente, causant avec leur père. Au bruit de la porte extérieure qui s'ouvrait, elles jetèrent les yeux du côté de la rue.

— M. René ! s'écrièrent-elles ensemble.

— Soyez le bienvenu, docteur, dit M. Hauteclair en faisant quelques

[illegible]

[illegible] jeune homme donna une rapide poignée de main aux deux sœurs.

— Vous me permettez, mesdemoiselles, dit-il, de m'arrêter un instant auprès de vous. Je serais désolé de vous causer un dérangement. J'entre en passant pour vous offrir mes hommages, mais nullement mes services.

— Nous acceptons les premiers et nous ne voulons pas [illegible] n'est-ce pas, Marcelle ? dit vivement Cécile, heureuse de donner [illegible]

— Docteur, fit à son tour Marcelle sans répondre à sa sœur, vous paraissez préoccupé sous un masque d'indifférence. Je gagerais que vous avez un souci en tête et que vous venez nous en faire la confidence.

— Peut-être, mademoiselle. Je ne vous cacherai pas que je me trouve dans une grande perplexité. Je vous en fais juge tout particulièrement, ainsi que M. Hauteclair.

— Alors, moi, interrompit Cécile dépitée, je suis mise à l'écart ?

— Pas du tout, mademoiselle, j'accepte aussi votre conseil. Voici mon cas. Je possède, comme médecin, un secret dont la divulgation intéresse le bonheur d'une personne digne de tous les bonheurs, dit René en levant les yeux sur Marcelle. Que dois-je faire ? Si je parle, je trahis un douloureux mystère caché dans une famille où j'ai été appelé à donner mes soins. Si je ne parle pas, ce sera un malheur certain, un malheur irréparable pour la personne que j'ai désignée tout à l'heure. Quel est votre avis, à vous, monsieur Hauteclair, et à vous deux, mesdemoiselles ?

— Avant de me prononcer, dit l'industriel, je voudrais être mieux renseigné, avoir des détails complets et précis. La question est grave et ne peut être résolue à la légère.

— J'incline à penser, dit Cécile, que le médecin doit se taire. Le secret qu'il a surpris ne lui appartient pas. Il doit rester muet comme un confesseur et se conduire dans la vie, en quittant son malade, comme s'il n'avait rien vu ni entendu.

Marcelle, qui avait suivi des yeux les regards du jeune médecin, avait été envahie par un pressentiment. Elle était presque convaincue que la question ne lui était pas étrangère et que son bonheur était en jeu.

— Ma sœur est trop absolue, dit-elle. Je me range à l'opinion de mon père. Nous ne sommes pas suffisamment éclairés.

A ce moment, un ouvrier vint prévenir M. Hauteclair qu'on le demandait à l'usine. M. Duclos se trouva seul avec les deux jeunes filles.

Il se rapprocha de Marcelle, comme pour engager avec elle un entretien amical, comme s'il n'y avait personne avec eux sous la tente.

Cécile, déjà peinée de l'attitude de René qui semblait la traiter, depuis son arrivée, comme une petite fille sans conséquence, fut cruellement mortifiée de la préférence trop visible qu'il témoignait à sa sœur. Son cœur se serra, les larmes lui vinrent aux yeux.

René la surprit essuyant furtivement ses paupières.

— Seriez-vous souffrante ? demanda-t-il.

Cette question la mit hors d'elle-même... Elle se leva, disant :

— Oh ! rien !... Un mouvement nerveux !...

Puis elle gagna rapidement le pavillon où elle put donner libre cours à ses pleurs.

René se trouva seul avec Marcelle.

Il croyait avoir fait provision de courage pour engager, à la première occasion, un entretien sérieux, décisif. Sa maudite timidité le [illegible] gorge et lui coupa la parole.

Il parla de Cécile.

— Est-ce que votre sœur est sujette à ces excitations nerveuses ?

— Nullement. Elle a toujours eu le tempérament très égal, sauf [illegible] quelque temps. Je ne sais ce qu'elle a. Moi-même...

— Vous-même ? fit le docteur se rapprochant encore et regardant la jeune fille avec une expression de tendresse. Pourquoi n'achevez-vous pas votre pensée ? Vous vouliez me faire un aveu ? Je vous prie instamment de ne me rien cacher.

— Vous croyez, Monsieur Duclos ? répondit Marcelle fixant à son tour sur le jeune homme la caresse de ses beaux yeux noirs. Vous croyez [illegible] j'ai un aveu à vous faire ?

— Je le souhaite du moins. Il me sera si agréable...

Il n'acheva pas l'expression de sa pensée.

Il venait d'apercevoir, à l'extrémité du rideau de verdure, deux personnes qui s'étaient arrêtées faisant face à la tente et qui paraissaient interdites du spectacle qu'elles avaient sous les yeux.

C'étaient la comtesse Louise et son fils Fabien.

Marcelle et René étaient tellement absorbés dans leur tête-à-tête qu'ils n'avaient pas entendu s'ouvrir la porte de la rue ni le sable de l'allée crier sous les pas des visiteurs.

Or, durant le chemin qu'ils venaient de faire, la comtesse avait insisté sur le danger de la fréquentation du médecin chez les Hauteclair.

— Mais, maman, voyons, répliquait Fabien, il n'oserait faire la cour à Marcelle !

— Il osera, il ose.

— Ce n'est pas vraisemblable. Il doit savoir que je suis sur les rangs, que nous sommes presque fiancés. Il n'a rien à mettre dans la corbeille de mariage.

— Mon cher enfant, l'amour est un petit dieu fantasque qui se moque de la plus riche corbeille et qui lui préfère parfois la plus simple fleur des champs.

Ce mot d'amour fit bondir Fabien. Il s'écria, pâle de colère :

— Je lui tirerai les oreilles, à ce monsieur-là !

— Lui tirer les oreilles, non, cela causerait du scandale. Mais il faut le faire déguerpir. Il y a manière de lui faire comprendre que sa conduite est déplacée et ridicule.

C'est à la suite de ce colloque qu'ils se trouvèrent brusquement devant la tente, où Marcelle et René causaient amicalement, assis tout près l'un de l'autre.

La comtesse était stupéfaite.

Fabien s'arrêta comme elle, n'en croyant pas ses yeux. Puis il s'avança résolument, comprimant une sourde colère.

Il s'inclina devant la jeune fille :

— Pardon, Mademoiselle, dit-il, d'interrompre votre entretien...

Et, sans attendre de réponse, il s'adressa au docteur :

— J'ai deux mots à vous dire, Monsieur. Vous plairait-il de me suivre dans cette direction, à quelques pas ?...

— A vos ordres, Monsieur, fit René en se levant.

Comprenant l'idée de son fils, Louise de Villegente glissa près de lui pour lui jeter à voix basse cette recommandation :

— Pas d'imprudense, pas d'éclat.

Puis elle alla presser avec force démonstrations amicales les mains de Marcelle qui pressentait, sans se l'expliquer, un gros incident.

— Je viens de vous surprendre, Monsieur, dit Fabien, en tête à tête avec Mlle Hauteclair.

— En effet, répliqua René, étonné de cette entrée en matière.

— Est-ce comme médecin que vous restez ainsi à l'écart avec elle ?

— Vous me permettez, Monsieur, de ne pas répondre à cette question

— Soit, Monsieur, j'ai à vous dire ceci : Mlle Marcelle est ma fiancée. Elle sera bientôt la comtesse de Villegente. Vous ne jugerez pas mauvais que je protège la jeune fille comme je protègerai la femme. Or, vos assiduités dans cette maison pourraient être mal interprétées et je suis en droit de vous inviter à les cesser dès aujourd'hui.

— Vraiment, Monsieur, vous vous arrogez un droit que je ne suis nullement disposé à reconnaître. Je considère votre injonction comme nulle et non avenue.

— Je suis ici chez moi, déclara Fabien en haussant la voix, et je prétends en faire sortir les intrus.

— Chez vous, ici, oh ! pas encore, fit René avec un accent d'ironie. Nous verrons qui de nous en sortira le premier.

— Je vous somme de partir sur-le-champ !...

— Prenez garde, jeune homme, vous allez vous faire du mal. Vous, épouser Mlle Marcelle, ce n'est plus possible, vous m'entendez bien !

— Qui donc s'y opposera ?

— Moi !

— Ah ! c'est risible, en vérité !... Vous !...

Ce colloque allait dégénérer en provocation lorsqu'il fut interrompu par un nouvel incident.

Henriette Midoux venait d'entrer, toute essoufflée, avec la petite Rose, et l'enfant avait couru tout de suite vers le docteur.

— Bonjour, bon ami, lui dit-elle en tendant sa joue. Je suis contente de te rencontrer. J'ai eu bien peur.

Henriette disait en même temps à la comtesse.

— Je viens d'apprendre que tu étais ici, ma sœur, et je suis vite accourue.

— Qu'y a-t-il donc ?

— Il y a que Paul Ranoir vient d'être renvoyé par mon mari. Il a commis des actes d'indélicatesse. Il se trouve en ce moment dans un état d'ivresse qui lui a fait tout avouer.

— Pourquoi me racontes-tu cela ? Que m'importent les écarts et les vices d'un tel individu ?

— C'est qu'il a quitté la maison en disant qu'il voulait te voir avec Fabien et qu'il se rendait au château.

— Nous n'avons pas à recevoir cet homme, ni là, ni ailleurs.

— S'il ne vous rencontre pas chez vous, il viendra ici.

— Vous avez raison, ma tante, déclara Fabien, humilié par cette aventure. Nous devons épargner à la famille Hauteclair l'injure d'une semblable visite. Venez, ma mère. Quant à vous, docteur, nous reprendrons à bref délai l'entretien de tout à l'heure.

— Quand il vous plaira, Monsieur.

III

Le mariage de Marcelle

A son retour de la villa Hauteclair, le docteur Duclos trouva chez lui une dépêche télégraphique datée de Verdun, où sa mère habitait la vieille maison familiale. La dépêche contenait ces mots :

— Ta mère malade, viens sans retard.

Elle était signée d'un parent proche, un oncle, un ami dévoué.

Son laconisme la rendait alarmante.

Malgré le lien qui l'attachait si étroitement à Villejuif, malgré son ardent amour pour Marcelle, René n'eut pas une seconde d'hésitation.

Il garnit tout de suite un sac de voyage et prit un train de nuit pour se rendre à Verdun, auprès de Clotilde Duclos, sa mère.

Il comprenait le danger qu'il y avait à céder en ce moment la place à son rival. Mais le devoir filial l'emportait sur tout autre sentiment. L'idée que sa mère était gravement malade, mourante peut-être, et qu'elle implorait sa présence avant de mourir, lui causait une angoisse lancinante, qui ne lui laissa pas un instant de répit durant le trajet.

Il descendit à Verdun le lendemain matin. Il courut à la maison maternelle. Son cœur palpitait d'émotion, en faisant retentir la sonnette de la vieille maison natale. La porte s'ouvrit. En un clin d'œil, il monta au premier étage, dans la chambre de sa mère.

Du seuil de la chambre, il regarda son visage. Les yeux vivaient. Un bon sourire glissait sur ses lèvres pâles. Sa voix faible murmurait :

— Toi, c'est toi, mon René !

— Oh ! ma mère, maman ! s'écria René qui se précipita en sanglotant sur le lit et couvrit la malade de baisers.

— Tu es bon d'être venu tout de suite... Je suis heureuse...

— Ne parle pas, ma chère maman, répliqua le jeune homme, qui jugea du premier coup d'œil que la malade réclamait les plus grands ménagements. Laisse-moi te regarder, te parler, te faire mes petites confidences, te donner mes soins. Puisque tu as fait de moi un médecin, je vais te prodiguer ma tendresse avec ma science et d'abord m'installer à ton chevet. Puis, quand tes forces seront revenues, je t'emmènerai avec moi à Villejuif, nous ne nous quitterons plus. Tu vivras désormais chez moi, chez ton fils. Tu veux bien, n'est-ce pas, ma bonne mère ?

— Oui, mon cher enfant, soupira-t-elle, doucement émue.

— Là, repose-toi, maintenant, le médecin l'ordonne.

Dès le premier jour, René jugea que sa mère était extrêmement faible et qu'elle avait une fièvre intense. Il était impossible en ce moment de répondre de l'issue de la maladie.

René conjectura qu'il resterait plusieurs semaines à Verdun. Il écrivit aussitôt à sa vieille gouvernante de Villejuif pour la charger d'avertir la famille Hauteclair, la famille Midoux et quelques autres personnes utiles, du motif et de la prolongation probable de son absence.

Il adressa également une lettre à un collègue qu'il connaissait à Gentilly pour le prier de visiter sa clientèle.

Ces précautions prises, il s'installa au chevet de sa chère et vénérée malade, qu'il veilla de jour et de nuit avec la plus grande sollicitude.

La comtesse Louise résolut de mettre cet éloignement à profit et de précipiter les événements. Elle alla trouver M. Hauteclair et le pria de ne pas différer davantage la publication des bans.

— Vous avez mon assentiment, répondit le père. Mais il convient de consulter ma fille sur la date de la célébration de son mariage. Voulez-vous la voir à ce sujet ?

— Volontiers, mais en votre présence et avec votre concours.

— C'est entendu, je vais moi-même l'appeler.

Une minute après, M. Hauteclair rentrait dans le salon avec sa fille aînée.

La comtesse s'empressa au devant d'elle, lui prit les deux mains dans les siennes avec une sorte d'effusion, l'emmena s'asseoir avec elle sur une chaise-longue, tout en disant :

— Ma chère enfant, que vous êtes belle et que je serai heureuse d'avoir une fille telle que vous. Nous venons de parler de vous, votre père et moi. Je gage que vous vous doutez un peu du sujet de notre conversation.

Dès son entrée dans le salon, Marcelle, en apercevant la comtesse, eut l'intuition de ce qui allait se passer.

Un sentiment de tristesse indéfinissable lui serra le cœur. Elle se laissa conduire machinalement par la comtesse, elle l'écouta d'une oreille presque distraite, et lui répondit mollement en espaçant ses mots.

— Le sujet... de votre... Non, je ne m'en doute pas.

— Voyez-vous ? La cachottière, continua Louise, toujours souriante. Elle le sait très bien. Mais cela nous fera plaisir de vous le répéter. Je disais à votre père qu'il existe à Villejuif un jeune homme ayant de la naissance, de la fortune, une belle prestance, une éducation parfaite, qui brûle de vous donner son nom, de mettre sur votre front une couronne de comtesse, de faire votre bonheur en même temps que vous ferez le sien. Mon fils Fabien vous aime et sollicite votre main. Je viens vous prier d'agréer cette demande et de fixer avec nous la date prochaine du mariage.

— Pourquoi prochaine ? fit Marcelle, devenue toute pâle. Rien ne presse...

— Songez, ma chère amie, que nous vous faisons la cour assidûment depuis trois mois et qu'il y a bien trois ans que cette union est projetée. C'était le vœu le plus cher de mon mari, le comte Rodolphe. Il a échangé à ce sujet, à son lit de mort, avec M. Hauteclair, les promesses les plus sacrées. N'est-ce pas, Monsieur, que nos familles sont liées par un engagement solennel ?

— C'est la vérité, répliqua le père. Je suis d'avis avec Mme la Comtesse, que le moment est venu de remplir cet engagement. Si c'était le vœu le plus cher de mon vieil ami Rodolphe, c'est aussi le mien. Il n'y a aucun motif de reculer l'échéance qui est arrivée. Il faut que nous fixions à l'instant même la date de ce mariage.

— Ce mariage !... Ce mariage !... se récria Marcelle. C'est du mien qu'il s'agit, mon père ! Et s'il ne me convient pas de me marier ?.....

En entendant ces paroles, en voyant l'attitude de sa fille, l'industriel fut comme abasourdi. Puis la surprise fit place à l'esprit autoritaire si vivace chez lui. S'il était bon pour ses filles, il n'admettait pas leur résistance à des projets dont il avait résolu l'accomplissement. Aussi répliqua-t-il du ton le plus impérieux :

— Quel est ce langage, Mademoiselle ? Est-ce que vous devenez folle ? Il me plaît à moi que vous soyez comtesse. Je vous traînerai plutôt à la mairie. Ah ! c'est trop fort !...

— Pardon, mon cher Monsieur, intervint rapidement Louise, laissez-moi seule avec votre fille. Vous allez effrayer cette chère enfant. Elle me paraît déjà indisposée... Allons, laissez-nous.

— Oui, j'aime mieux me retirer, dit le père en se levant après avoir compris qu'il ne pourrait que gâter les affaires, tandis que la femme plus souple et plus insinuante finirait par les arranger.

Demeurée seule avec Marcelle, Louise de Villegente déploya toutes les ressources de sa diplomatie féminine, protestant de sa tendresse, employant la supplication, exaltant les qualités de son fils, évoquant la douleur de M. Hauteclair, à tel point que la jeune fille fut ébranlée et qu'elle finit par répondre :

— Vous êtes une bonne mère, Madame, et je suis touchée de votre langage. Mais n'exigez pas de réponse immédiate... Donnez-moi quelques jours pour réfléchir.

La comtesse n'en demandait pas davantage. Elle alla rendre compte de cette victoire à M. Hauteclair. Ils s'entendirent ensemble et manœuvrèrent si bien qu'au bout de huit jours, Marcelle, abandonnée à elle-même, sollicitée sans relâche, n'ayant aucune nouvelle de René Duclos, laissa fixer le jour de son mariage.

Les deux familles était tombées d'accord pour faire la noce à la bonne et vieille mode : célébration des deux cérémonies, la civile et la religieuse, le même jour, déjeuner et dîner à la fabrique, bal au château, départ le lendemain des deux époux en voyage.

Ce programme reçut en grande partie son exécution.

Tout le monde semblait heureux. La joie rayonnait sur tous les visages. Une seule personne faisait ombre à ce riant tableau. C'était la mariée.

Le jeune comte, son mari, se montrait pour elle d'un empressement, d'une galanterie sans bornes. Mais plus il lui témoignait de tendresse et de dévouement, plus elle se sentait de glace à son approche.

Elle se repliait sur elle-même, en subissant le choc de cette impression inexplicable. Elle déplorait son sort, elle se reprochait amèrement la faiblesse qui l'avait amenée à prononcer le oui fatal.

Est-ce qu'elle pensait, dans ce jour, au docteur René Duclos ? Non. Si l'image co[illegible]se du jeune médecin se dressait devant elle, elle la chassait brusquemen[illegible] avec colère. Elle ne voulait pas y penser. Du reste, elle n'en avait plus le droit.

La cérémonie du jour avait creusé un fossé infranchissable entre eux.

Toutefois, hâtons-nous de le dire, Marcelle s'efforça de lutter contre sa rancœur, de mettre parfois sur sa figure un masque de gaîté, de répondre à des compliments par des sourires.

Elle s'anima principalement vers la fin du dîner et durant le bal. Elle but d'un trait une coupe de champagne et se livra presque avec la même ardeur que Cécile au plaisir de la danse.

Quant à Fabien, il se montra du matin au soir d'une gaîté bruyante. Son bonheur le rendait exubérant, même à table, où il goûta de tous les plats et de tous les vins.

Sa mère, en face de lui, le voyait faire avec une certaine inquiétude. Elle trouva l'occasion de lui glisser ces mots à l'oreille :

— Observe-toi, Fabien. Modère-toi de toutes façons, je t'en prie.

— Sois tranquille, ma mère. La journée est bonne. Elle finira bien.

Le bal se termina au petit jour, à cinq heures du matin. Malgré les prières de Fabien, Marcelle ne voulut pas quitter la salle de danse avant le départ des violons.

Un copieux souper clôtura la fête.

Les émotions de tout genre, le bruit, l'animation, la fatigue de tout un jour et de toute une nuit avaient causé un certain trouble dans le cerveau du nouveau marié.

Lorsque Marcelle le quitta pour se rendre dans la chambre nuptiale, elle remercia la comtesse qui voulait rester quelques instants auprès d'elle, elle renvoya même sa femme de chambre après en avoir reçu les premiers soins. Elle se sentait du reste fatiguée. Il lui tardait d'être seule et de se reposer.

Ce fut alors que Fabien, pressé d'accourir, vint frapper à sa porte.

— Qui est là ? fit-elle d'une voix impatiente.

— C'est moi, Fabien.

— On n'entre pas.

— On, c'est possible, mais moi, j'entre, n'est-ce pas, Marcelle ?

Ce disant, Fabien fit pivoter la porte et se présenta courbé, souriant, le teint très animé, devant celle qui était sa femme depuis quelques heures.

Marcelle avait défait sa guirlande de fleurs d'oranger et délacé sa robe blanche, qu'elle s'apprêtait à faire tomber à ses pieds.

Elle parut stupéfaite de voir le jeune comte franchir le seuil de sa chambre, quand elle avait exprimé le désir de rester seule.

Son père ne l'avait pas initiée aux obligations que les débuts du mariage imposent à la nouvelle épouse. Louise de Villegente, sans connaître exactement le degré d'ignorance de sa bru, avait essayé de l'éclairer sur ses devoirs. Aux premiers mots, Marcelle avait rompu les confidences.

Aussi, bien qu'elle comprît qu'un changement considérable venait de s'opérer dans sa vie, bien qu'elle acceptât en principe une cohabitation dont le caractère et les conséquences lui échappaient encore, elle fut absolument révoltée par la présence de Fabien.

Sa pudeur se hérissait effarouchée.

— Je vous ai défendu d'entrer, cria-t-elle.

— A moi, Marcelle ?

— A vous, oui, Monsieur.

— Mais, vous n'y pensez pas ! N'êtes-vous pas ma femme ? Et n'ai-je pas le droit de vous accompagner jusqu'ici ?

— Du tout, Monsieur, faites-moi le plaisir de vous retirer. Je ne désire en ce moment la société de personne. Je n'ai besoin que de repos.

— Eh bien ! ma petite comtesse, je n'ai aucunement l'intention de vous gêner. Vous pouvez continuer ce que vous avez commencé, procéder à vos préparatifs de nuit. Je resterai bien sage, assis dans ce fauteuil, jusqu'à ce que vous ayez fini.

— Comment ? Vous voulez rester là ? Mais ce n'est pas possible ! Allez-vous-en, Monsieur, à moins que vous vouliez me condamner à m'asseoir aussi tout habillée pour chercher le sommeil. Et encore, non. Votre présence me fait mal. Allez-vous-en, ou c'est moi qui vais sortir.

Fabien ne comprenait rien à l'attitude de sa femme. Ayant un peu le corps et l'esprit bouleversés par les incidents de la journée, il n'avait pas la lucidité voulue pour se rendre compte des timidités et des révoltes de Marcelle. Il n'aperçut que les côtés bizarres de la situation. Le boulevardier sceptique reparut en lui au moment le plus inopportun.

— Où voulez-vous que j'aille, Marcelle ? lui dit-il. Je suis où je dois être, ma toute belle, auprès de vous, avec vous.

— Mais enfin, Monsieur, répliqua-t-elle avec véhémence, je ne puis pourtant pas retirer ma robe devant vous.

— Et pourquoi cela, grand Dieu ? Je sais bien que c'est la première fois que le cas se présente. Mais vous en prendrez l'habitude.

— Non, je ne le ferai jamais. Une dernière fois, sortez ou je m'en vais.

Fabien devina une résolution énergique dans le ton, dans le regard enflammé de sa femme. Mais en même temps, il fut ébloui par l'éclat de sa beauté. Il la voyait hautaine, frémissante, les joues rouges de pudeur offensée. Ses cheveux défaits roulaient en ondes noires sur des épaules aux chairs satinées.

Le corsage entr'ouvert montrait la naissance d'une gorge magnifique. Des bouffées de désir montaient au cerveau de Fabien. Il se leva brusquement, s'approcha de Marcelle, la saisit à la taille en disant :

— Oui, je sors, ma Diane farouche, mais pas avant d'avoir pris un petit acompte, d'avoir embrassé la belle épaule que voici.

Il n'eut pas le temps de joindre le geste à la parole.

Etonnée de son audace, Marcelle bondit de côté, s'arrachant à l'étreinte :

— Vous êtes fou, monsieur ! Quelles sont ces manières ? Qui vous a donné le droit de me traiter de la sorte ?

Pour le coup, l'amoureux, privé de toute caresse, voulut défendre ses droits. Il admettait encore les susceptibilités d'une pudeur même exagérée, mais il ne tolérerait pas, le jour de son mariage, le refus d'un simple baiser. Ce baiser, il fallait, au besoin, le conquérir par la force.

— Je suis votre mari, Marcelle, vous êtes ma femme bien-aimée. Laissez-moi vous adorer comme vous le méritez. Vous n'avez pas à vous offenser de mes caresses. Si vous m'aimez un peu, vous me tendrez ces jolies joues si roses pour que j'y dépose un baiser.

— Eh bien, non ! fit résolument la jeune femme.

— Vous avez tort, ma chère amie, de ne pas vous laisser convaincre. Je vous aime. Vous êtes ma femme, vous m'appartenez. N'attendez pas que je vous le prouve d'une autre façon.

— Vous me menacez, je crois ! En vérité, quelle audace avez-vous ? Vous auriez dû partir, quand je vous l'ai demandé. Votre présence m'est odieuse. Comment voulez-vous que je vous accorde un baiser ?

— Ah ! c'est ainsi ! s'écria le jeune homme qui vit double. Eh bien ! nous allons voir. Je vous enlacerai dans mes bras comme ceci... Je vous embrasserai sur le cou comme cela... Je vous mangerai de caresses...

— Laissez-moi ! Non. C'est lâche !... Laissez-moi !... C'est indigne !...

Fabien ne l'écoutait pas. Il la serrait à l'étouffer. Il marbrait sa peau de véritables morsures.

La douleur arrachait des cris à Marcelle. Elle allait appeler au secours quand tout à coup elle sentit se détendre les deux bras qui l'entouraient. Leur chaîne si étroite s'était élargie et glissait vers le sol.

Elle se dégagea par une vive secousse.

Le jeune comte poussa un cri aigu et roula sur le tapis, ses deux bras battant l'air. Il resta couché sur le dos, aux pieds du lit nuptial, le corps secoué de vibrations étranges, la gorge laissant échapper une respiration bruyante, oppressée.

Marcelle [illegible] ne savait à quoi s'en tenir. Elle était d'abord [illegible] de voir son mari rebondir au sol et se redresser en face d'elle.

[illegible] il restait sur le tapis. Elle crut qu'il s'était grièvement blessé en tombant. Sa respiration sonore, haletante, lui faisait peur.

Elle courut aux fenêtres, écarta vivement les rideaux, puis revint vers son mari, qu'elle eut la force de regarder de près, en s'agenouillant.

Alors, elle demeura immobile, frappée de stupeur.

Une pâleur affreuse se répandit lentement sur son visage.

Fabien était là, la figure crispée, les yeux exorbités, la mousse aux lèvres, soufflant comme un bœuf accablé de fatigue.

Elle se redressa tout à coup, frémissante d'angoisse.

— Ah ! malheureuse, malheureuse que je suis ! Voilà donc l'homme que j'ai épousé ! Mon malheur est complet et il est sans remède !...

Dans son désespoir, elle se tordait les bras, elle déchirait sa belle robe de mariée, elle mettait en morceaux ses guirlandes de fleurs qu'elle jetait à terre et foulait aux pieds.

Elle songea brusquement que l'état du jeune homme réclamait des soins urgents. Lesquels ? Elle ne savait pas.

Du reste, s'approcher maintenant de lui, le toucher à elle seule, le soulever dans ses bras, elle ne le pourrait jamais. En y pensant, elle éprouvait un effroi, une horreur insurmontables.

— Au secours !... au secours !... cria-t-elle.

Un bruit de pas précipités se fit entendre dans le couloir.

La porte s'ouvrit. La comtesse Louise de Villegente se montra sur le seuil de la chambre.

D'un coup d'œil, elle embrassa la scène douloureuse. Au milieu de la chambre, Marcelle échevelée, hagarde, n'ayant plus sur elle que des vêtements lacérés, montrant ses épaules nues, semblable à une folle. Dans le fond, étendu au pied du lit, le corps de son malheureux fils.

Elle comprit aussitôt toute l'étendue de la catastrophe. Elle poussa un rugissement comme une lionne blessée et se précipita vers son enfant qui râlait.

Elle s'accroupit à ses côtés, souleva doucement sa tête, dénoua sa cravate et sa chemise, afin qu'il put respirer plus à l'aise. Ensuite, elle tira de sa poche un mouchoir qu'elle passa sur les lèvres du cher malade. Puis elle l'embrassa tendrement, disant d'une voix caressante :

— Reviens à toi, mon Fabien... Regarde-moi, mon fils bien-aimé ; c'est moi, ta mère, qui souffre avec toi, qui donnerais sa vie pour t'épargner une douleur, qui ne rêve, hélas ! le bonheur que pour toi !...

Elle s'arrêta saisie d'une inquiétude extrême. D'ordinaire, les quelques crises qu'il avait eues sous ses yeux ne duraient pas si longtemps.

Elle se tourna vers Marcelle qui restait là, muette d'affolement.

— Depuis combien de temps Fabien est-il dans cet état ?

— Depuis dix minutes..., une demi-heure... Je ne sais pas.

— Il faut le mettre sur le lit. Venez m'aider. Vous soulèverez les jambes, tandis que je le tiendrai dans mes bras. A nous deux, nous pourrons y arriver sans l'aide de personne.

Marcelle hésitait. Le sentiment de répulsion qu'elle avait éprouvé tout à l'heure la reprenait de nouveau à la pensée qu'elle allait toucher cet homme, se courber sous son poids.

— Mais venez donc, ma fille, ordonna Louise de Villegente.

Marcelle obéit. Elle s'approcha du lit. Elle prit les deux jambes du malade, tandis que la mère soulevait le corps et elles le posèrent sur les draps à demi-découverts.

— Ce n'est pas tout, reprit la mère. Il faut le déshabiller autant que possible, lui ôter tout au moins son habit et ses chaussures. Allons ! pas de singeries, ma chère, tirez les bottines pendant que je tiendrai les jambes. Avec un malade, il faut tout faire. Il n'y a pas de soins grossiers.

Marcelle obéit encore comme une machine. Elle était comme hypnotisée. Elle avait maintenant la conviction qu'elle était en proie à un cauchemar épouvantable qu'elle allait se réveiller d'un moment à l'autre et rentrer dans le monde radieux des choses vivantes, dans les calmes délices de sa maison paternelle.

Était-ce là vraiment le mariage de Marcelle Hauteclair, dont la dot était de deux millions ? Est-ce que sa nuit de noce serait à ce point lamentable ? Non, ce n'était pas possible.

La comtesse Louise regarda sa bru et remarqua pour la première fois le désordre de sa toilette, l'égarement de sa physionomie. Ce spectacle ne lui parut pas explicable. Elle voulut en avoir le cœur net :

— Marcelle ! fit-elle d'une voix forte, que s'est-il passé ici, ce matin ?...

— Ce qui s'est passé ? répondit la jeune femme avec des hésitations. Vous le voyez vous-même... Votre fils est tombé en poussant un cri horrible. Il a été pris de convulsions et sa bouche a écumé.

— Pauvre enfant !... Mais comment cela lui est-il arrivé ? Il était auprès de vous et vous parliez ensemble. Que disiez-vous ?

— *Laissez-moi! Non... C'est lâche! Laissez-moi!* (*page 17*).

— Est-ce que je sais ce que nous disions ? Il s'est jeté sur moi comme un insensé, allant jusqu'à me mordre... Je l'ai repoussé...

— Il voulait vous mordre. Vous l'avez repoussé... Alors il y a eu lutte... Pourquoi ?

— Je vais vous le dire. C'est indigne, ce qu'il a fait... Il a forcé la porte de cette chambre. Il voulait que je me couche en sa présence. J'étais outrée. Je lui ai signifié de sortir. Au lieu de m'écouter, de prendre en pitié ma confusion, il est venu à moi les yeux étincelants, me couvrant de ses odieuses caresses.

A ces mots, la mère indignée se redressa. Elle aimait trop son fils pour lui supposer les moindres torts dans cette sombre aventure. Elle ne fit pas la part de la jeune femme, mal instruite de ses devoirs, outragée dans sa pudeur, froissée dans ses fibres les plus intimes.

Elle ne vit naturellement que la jeune épouse, indocile et revêche, opposant une résistance stupide aux témoignages de tendresse de son mari.

A ses yeux, Fabien n'était plus que la victime de cette femme.

— Ah ! je comprends tout, s'écria Louise en haussant la voix. Il vous aime, il voulait vous embrasser... Vous le détestez, vous l'avez repoussé. La lutte s'est envenimée... Il est tombé sous vos sarcasmes. C'est mal ce que vous avez fait là, Marcelle !...

— Comment ? C'est moi que vous accusez, moi que vous condamnez ?...

— Oui, certes. En venant ici près de vous, en vous témoignant sa tendresse, Fabien remplissait son rôle de mari. Il avait le droit absolu de faire ce qu'il a fait. Vous, au contraire, vous avez manqué à tous vos devoirs. Ce qui vous condamne, c'est votre conduite, ce sont vos paroles.

— Lesquelles ?

— Lesquelles ? Vous avez qualifié d'odieuses les caresses de votre mari. C'est ce langage qui est odieux. Vous avez bientôt fait d'oublier vos serments, madame la comtesse Fabien de Villegente !

— Des serments !... Je suis curieuse de les connaître !...

— Les serments les plus sacrés. Vous avez promis, il y a quelques heures, vous avez juré obéissance à votre mari. Qu'avez-vous fait de cette promesse ? A peine mon pauvre enfant s'est-il approché de vous, que vous l'avez écarté avec mépris. Vous deviez l'accueillir en épouse heureuse et aimante. Au lieu de cela, vous l'avez désespéré, torturé. S'il souffre, s'il est malade à mourir, c'est vous qui l'avez frappé. Demandez-lui pardon, Marcelle. C'est le seul moyen de réparer le malheur que vous avez causé.

Marcelle se redressa, regardant sa belle-mère face à face :

— C'en est trop, madame la comtesse. Il faut que je vous réponde. Dieu sait que je voulais garder le silence. Vous m'obligez à le rompre. Ah ! c'est votre fils qui est malheureux, c'est lui qui est à plaindre, et c'est moi la coupable, moi qui dois demander pardon ! Je ne m'attendais pas à ce renversement des rôles, et je croyais, je crois encore qu'il n'y a ici qu'une seule victime, une victime profondément ulcérée, dont la douleur est inconsolable et cette victime, c'est moi !

— C'est insensé ce que vous dites là, ma chère !

— Attendez, je n'ai pas fini. Qui a poursuivi avec ténacité, malgré mon refus d'abord, mes hésitations ensuite, la réalisation de ce mariage ? C'est vous. Qui m'a fatiguée de sollicitations, qui m'a forcé la main en faisant miroiter à mes yeux toutes les joies, les bonheurs de la vie ? C'est vous. Ce mariage est votre œuvre. Or, ce mariage est un leurre, un mensonge, une duperie, pour ne pas employer une autre expression.

— Vous déraisonnez, Marcelle, et l'état de votre esprit peut seul excuser les inconvenances de votre langage.

— Oui, une duperie, je le répète, poursuivit la jeune femme de plus en plus animée. Car vous saviez ce que j'ignorais. Vous connaissiez l'infirmité de votre fils, le mal terrible auquel il est sujet. Quand on a un fils comme celui-là, madame, on le garde. On ne l'introduit pas dans une honnête famille, on n'en fait pas le fiancé d'une jeune fille sans défiance, qui ne pouvait ni prévoir, ni conjurer un semblable malheur. Grâce à vous, mon existence est vouée aux regrets stériles, aux larmes amères. Ah ! il vous sied bien d'accuser les autres, quand vous devriez, la première, tomber à genoux et implorer votre grâce !

La comtesse Louise de Villegente ne s'attendait pas à la vivacité de cette réplique, à la précision de ces incriminations. Elle était atterrée. Elle demeura un moment silencieuse.

Au dehors, il faisait un jour éclatant.

La nature semblait renaître à une vie nouvelle. Les oiseaux remplissaient les airs de leurs chants joyeux. Les fleurs offraient aux rayons du soleil la vapeur de leurs gouttes de rosée, comme la fumée d'un invisible encens.

Marcelle prit une longue pelisse qu'elle jeta sur ses épaules.

— Que faites-vous ? dit Louise. Vous n'allez pas sortir, je suppose ?

— Vous vous trompez, je pars.

— Votre devoir vous retient ici. Cette maison est dorénavant la vôtre. Vous devez rester auprès de votre mari.

— Jamais.

Elle avait prononcé ce mot avec une énergie fébrile, avec un mouvement de haine.

Elle replia sa pelisse sur sa poitrine. Elle s'empara d'un chapeau et d'une voilette qui étaient tout préparés comme la pelisse pour le voyage de noces, et elle se précipita au dehors.

La comtesse Louise voulait courir après elle.

Elle s'arrêta... A quoi bon, pour l'instant ?

Du reste, elle ne pouvait quitter le chevet de son fils qui commençait à ouvrir les yeux, à sortir de sa torpeur.

Elle s'avança seulement jusqu'à l'une des deux fenêtres, et de là elle vit Marcelle achevant de poser son chapeau sur ses cheveux enroulés à la hâte et s'enfuyant à travers l'avenue de marronniers.

C'était vraiment un spectacle incroyable et bien fait pour exciter une profonde émotion que celui de cette jeune mariée si belle, comtesse de nom, archimillionnaire par elle-même, qui fuyait ainsi dès le matin, encore parée de sa robe blanche toute en loques, le foyer conjugal où elle venait à peine de poser le pied.

Les sanglots secouaient sa poitrine, les larmes inondaient ses joues.

Elle jetait au ciel ses plaintes désespérées.

— Etre la femme d'un tel homme ! Non, non, non !... Mon Dieu, mon Dieu !... Et ce docteur qui ne m'a pas prévenue !... Car enfin, il connaissait le secret du château, lui que je considérais comme un ami, comme un... Il a laissé faire un pareil mariage !... Oh ! qu'il vienne maintenant, s'il veut m'entendre le maudire !... Et pourtant, j'avais cru qu'il m'aimait. Qui croire à présent ?... Que croire aussi ?... Tout n'est que déception et fourberie !...

En se lamentant ainsi, la jeune femme atteignit promptement la fabrique.

Le pavillon était encore plongé dans le sommeil. Ainsi que M. Hauteclair et Cécile, les domestiques qui avaient pris leur part des réjouissances de la veille, étaient rentrés tard dans la nuit. Ils n'étaient pas encore levés.

Marcelle avait gardé la clef du pavillon. Elle y rentra sans bruit.

Elle monta dans sa chambre de jeune fille, à côté de celle de Cécile.

Elle revit vaguement, avec regret, les meubles et les bibelots tels qu'elle les avait laissés.

Puis, succombant à la fatigue, elle s'étendit dans le lit, où elle avait fait pendant des années de si beaux rêves et elle ne tarda pas à s'endormir d'un profond sommeil.

A ce moment, la comtesse Louise surveillait les mouvements de son fils, qui, s'étant soulevé sur son lit, promenait dans la chambre un regard étonné. Ses paupières battaient comme deux ailes effarouchées sur ses yeux injectés de sang.

Sa figure était tuméfiée, ses membres rompus de fatigue.

— Tu te sens mieux, mon cher enfant, lui dit tendrement sa mère. Il faut te recoucher maintenant, vois-tu. Ta crise est passée. Mais tu dois avoir le corps endolori, et tu as besoin de repos.

— J'ai donc été bien malade? demanda-t-il d'une voix affaiblie.

— Non, mon Fabien, comme d'habitude, seulement, répondit-elle en déguisant la cruelle vérité. Mais j'étais là, près de toi.

— Et elle, ma mère ?... Marcelle ?...

— Elle !...

Elle faillit dénoncer l'attitude méprisable et la fuite honteuse de celle qui venait de déserter le toit conjugal. Mais elle craignit de raviver la plaie encore saignante au cœur de son fils.

Elle aima mieux faire taire son animosité contre la jeune femme et étouffer les soupçons de son fils par un nouveau mensonge.

— Elle m'a aidée quelques instants à prendre soin de toi, ajouta-t-elle. Puis, comme elle tombait de fatigue, je l'ai envoyée se reposer dans ma chambre.

— Ah ! elle est au château ? dit-il en soupirant de satisfaction.

— Oui, mon cher enfant, dors tranquille.

Rassuré par cette affirmation, Fabien replaça sa tête sur l'oreiller et ferma aussitôt les yeux.

La mère comprit, à son souffle régulier, à l'absence de toute secousse nerveuse, qu'il goûtait cette fois un sommeil réparateur.

Elle se retira sur la pointe des pieds.

Mais sa perplexité n'avait pas diminué. Quand il se réveillerait, que dirait-il ? Il voudrait voir sa femme, il faudrait bien alors tout lui apprendre.

Lui, ce jeune homme qui faisait parfois le blasé, qui avait maintes fois parlé des femmes sur un ton gouailleur, il était éperdument amoureux de la sienne.

Et elle, elle ne l'aimait pas, elle le détestait, elle le fuyait.

Il allait donc être malheureux par elle. Son fils malheureux ! Elle tressaillait dans tout son être à cette pensée.

— Il a fallu, se disait-elle avec une colère concentrée, pour qu'elle se détourne de lui, qu'elle rencontrât ce médecin maudit qui lui a tourné la tête. C'est lui la cause de tout le mal. Il est parti depuis plus d'un mois, me laissant le champ libre. S'il allait ne pas revenir, tout finirait peut-être par s'arranger. Elle l'oublierait à la longue, elle reviendrait à son mari, douce, résignée, et, qui sait ? affectueuse. Mais, s'il revient, oh ! s'il revient, ce sera un ennemi dangereux à combattre... Je le combattrai, moi, va, mon Fabien. Le serpent qui se dresse sur ta route, c'est moi qui l'écraserai !...

Le soliloque dura des heures entières... La mère, qui veillait sur son fils, n'avait ni faim, ni sommeil. Elle se sentait de fer. Ah ! si elle avait pu communiquer une part de cette énergie à son fils !...

Vers trois heures de l'après-midi, elle était assise près du lit, rêvant toujours à la solution de l'inextricable problème, lorsque ces paroles, jetées d'une voix vibrante, l'arrachèrent à ses réflexions :

— Vous m'avez dit, ma mère, que Marcelle était au château... Où est-elle ?...

— Ah ! c'est toi, mon Fabien !... Que je suis contente de te voir si bien portant !... Ce sommeil t'a fait du bien... Tu dois avoir faim, mon enfant ?

— Non, ma mère. Je viens de vous demander où est Marcelle. Pourquoi ne me répondez-vous pas ?

— Où est Marcelle ?... balbutia la comtesse Louise.

— Oui, ma femme devrait être auprès de vous. Ne m'avez-vous pas affirmé qu'elle s'était retirée dans votre chambre ?... Je veux la voir...

— Ne me parle pas avec cette dureté... Je t'aime bien, moi, et je suis malheureusement seule à t'aimer...

— Quelle mauvaise nouvelle avez-vous encore à m'apprendre ?

— Je vais tout te dire, Fabien... Te sens-tu assez fort pour m'écouter ?

— Ah ! parlez, ma mère. Je suis aguerri, maintenant. Vous ne me ferez pas plus souffrir que je n'ai souffert ce matin auprès d'elle. Je réponds de moi. Qu'est-elle devenue ?

— Elle doit être rentrée chez son père.

— Comment ? Elle doit être ? N'en êtes-vous donc pas sûre ?... Alors, elle s'est sauvée, me fuyant comme un pestiféré, me témoignant ainsi une aversion profonde... Oh ! ma mère, que je suis malheureux !

Fabien ne put retenir cette exclamation de douleur. Les larmes jaillirent de ses yeux.

— Ne pleure pas, je t'en prie. Tu me fais beaucoup de peine. Sois homme, mon fils.

— Oui, reprit-il en se levant. J'ai dit que je répondais de moi. Pardonne-moi cet instant de faiblesse. Et maintenant ton bras, accompagne-moi chez M. Hauteclair.

— Comment ! Tu veux aller...

— Reprendre ma femme, oui, certes, je le veux.

IV

Un retour tardif

Une animation inaccoutumée avait régné durant cette même après-midi dans le pavillon Hauteclair.

Vers une heure, M. Hauteclair s'était trouvé seul à déjeuner avec sa plus jeune fille.

Il avait eu comme un soupir en se mettant à table. Il y avait à côté de lui une place qui resterait trop souvent vide, une place qui avait été occupée pendant de longues années par celle qui gouvernait la maison, comme aurait fait la mère, depuis si longtemps disparue.

sa Marcelle !... Comme il la regrettait en ce moment !... Mais il avait cette consolation dans sa tristesse, sa fille aînée, ayant pour mari le comte Fabien, dont il avait remarqué les attentions si délicates, fière de son beau titre de comtesse, ne pouvait manquer d'être heureuse...

Cécile s'empressa de le tirer de ses tristes rêveries.

— Cher papa, tu as du chagrin, je le vois, parce que nous ne sommes plus que deux à table au lieu de trois. Jamais, je le sais bien, je ne remplacerai Marcelle à la maison. Mais je te promets de t'aimer tant et tant, de te le prouver si constamment que tu finiras bien par te résigner à cette nouvelle existence.

— Je te remercie du fond du cœur, ma fille... Je reconnais bien ta générosité... Ah ! l'on a sonné... Une visite ?...

La porte de la salle à manger s'ouvrit. Un domestique présenta une carte à M. Hauteclair, qui lut à haute voix :

— Le docteur René Duclos !

Cécile tressaillit et répéta en manière d'interrogation :

— Le docteur René Duclos ?

— Ce cher docteur, le voilà enfin revenu. Je regrette qu'il ne soit pas de retour depuis quarante-huit heures. Je l'aurais prié d'être le témoin du mariage de Marcelle.

— Mais tu oublies, papa, sa brouille avec la comtesse et M. Fabien.

— Ah ! c'est juste. Allons le recevoir. Ce n'est pas une raison pour que nous soyons brouillés avec lui.

— Oh ! non, mon père.

— Viens-tu avec moi ?

— Je te suis.

Depuis que le nom du docteur avait été prononcé par son père et répété par elle, Cécile avait peine à se ressaisir.

Elle accompagna son père au salon.

René Duclos s'y trouvait debout, les attendant. Il était pâle, abattu, avec une expression de souffrance sur la figure.

— Qu'avez-vous donc, mon cher docteur ? lui dit M. Hauteclair en lui pressant les mains. Votre mère serait-elle encore malade ?

— Non, je vous remercie... Elle va tout à fait mieux. Je l'ai ramenée avec moi. Je vois avec plaisir que mademoiselle Cécile est en parfaite santé, ainsi que vous-même. C'est bien vrai ce qu'on vient de m'apprendre ?

— Quoi donc, mon cher Monsieur ? Asseyez-vous donc, je vous prie.

— Merci. Je voulais parler de Mlle Marcelle. Elle est mariée ?

— Oui, depuis hier.

— Ah ! j'arrive trop tard.

— Comment ? Quoi ?... Vous arrivez trop tard ! De quel ton vous dites cela !

— Oui, j'arrive trop tard, reprit rapidement René, pour lui présenter mes hommages et mes vœux. Car elle n'est plus ici, sans aucun doute ?

— Non, certainement.

— C'est avec M. Fabien de Villegente que vous l'avez mariée ?

— En effet... Vous connaissiez du reste le projet de cette union avant votre départ ?

— Oui, je le connaissais... Et c'est bien là ce qui me...

— Ah ! ça ! qu'y a-t-il ? Voyons, parlez franchement.

— Est-ce ma présence qui vous gêne, Monsieur Duclos ? demanda Cécile avec un tremblement dans la voix. En ce cas, je me retire.

— Non, mademoiselle.

— Retire-toi, cependant, Cécile, dit M. Hauteclair. Voici l'heure de partir pour le château, afin de faire nos adieux à notre jeune ménage. Car je dois vous dire, Monsieur, que les nouveaux époux vont prendre le train de quatre heures à la gare du Nord, pour faire une excursion en Angleterre.

Comme Cécile allait sortir du salon, son père lui dit encore :

— Dépêche-toi de t'apprêter, Cécile, et descends tout de suite. Nous arriverions en retard. N'oublie pas surtout de prendre dans la chambre de ta sœur sa lorgnette de voyage. Elle te l'a bien recommandé.

Les deux hommes se trouvant seuls, M. Hauteclair regarda fixement le docteur :

— Eh bien ! qu'avez-vous à me dire ?

— Rien, répondit René, rien pour le moment. Je crois que je me suis alarmé à tort au sujet de la santé de votre gendre.

— Vraiment, vous l'avez cru malade, lui, un gaillard bâti à chaux et à sable ! fit M. Hauteclair avec un gros éclat de rire.

— J'avoue humblement mon erreur. Du moment qu'il s'agit d'un voyage d'amoureux, que Mlle Marcelle, non, que Mme la Comtesse Marcelle de Villegente est heureuse de s'envoler avec son mari sur les ailes de la vapeur, c'est que la santé des deux époux est parfaite. J'aurais mauvaise grâce à jeter un pronostic fâcheux sur leurs pas.

— Voyons, mon cher docteur, vous en avez trop dit pour garder le silence. De quelle maladie supposiez-vous donc mon gendre... ?

M. Hauteclair n'acheva pas sa phrase.

Un cri strident, terrible, venait de retentir à l'étage supérieur.

Des pas précipités sonnaient sur le parquet du couloir, descendaient l'escalier...

Une voix éperdue criait :

— Mon père ! mon père !

M. Hauteclair bondit vers la porte du salon en s'écriant lui-même avec angoisse :

— C'est Cécile ! c'est Cécile !

Il ouvrit vivement la porte et reçut dans ses bras la jeune fille pâle, frémissante, la poitrine haletante, les yeux agrandis par l'effroi.

— Qu'as-tu, mon enfant, ma chère Cécile ? demanda le père, effrayé.

— Là-haut, Marcelle !... Là-haut, Marcelle !...

Cécile, encore suffoquée, pouvait à peine articuler ces paroles et lever un doigt du côté de l'escalier conduisant à l'étage supérieur.

— Quoi ?... Marcelle ?... balbutia le père.

— Oui, malade,... morte peut-être ! ajouta Cécile avec effort.

On comprend ce qui était arrivé.

Après avoir procédé vivement à sa toilette, Cécile, se rappelant la commission de sa sœur, avait couru à la chambre de Marcelle et en avait ouvert brusquement la porte.

Il était deux heures de l'après-midi. Il y avait près de huit heures que la pauvre mariée, terrassée par la fatigue physique et morale, dormait d'un sommeil de plomb. Le bruit de la porte la tira de sa léthargie.

Elle leva la tête, ouvrit les yeux, regarda sa sœur, sans proférer une syllabe, sans rien comprendre à ce qui se passait.

Le mouvement de Marcelle avait attiré les regards de Cécile du côté du lit. Celle-ci fut prise d'une terreur inexprimable. En apercevant tout à coup Marcelle étendue là, sur son lit, sans voix, les cheveux épars, elle crut voir le fantôme de sa sœur.

Après une seconde de saisissement, elle se rejeta en arrière, en poussant un cri aigu, effroyable. Elle fut aussitôt emportée dans une course folle jusque dans les bras de son père, auquel elle révéla, en paroles saccadées, la présence de Marcelle dans le pavillon, morte peut-être.

— Marcelle morte ! répéta le père au comble de l'angoisse. Reviens à toi, mon enfant. Ce que tu dis n'est pas possible. Marcelle n'est pas ici.

— Morte ! fit à son tour le docteur, très ému. C'est invraisemblable, en effet. Votre sœur est au château. Elle n'est donc pas dans cette maison. Vous avez été le jouet d'une hallucination, dont je veux me rendre compte.

— Vous avez raison, docteur, je vous accompagne, dit M. Hauteclair.

René Duclos était sorti le premier du salon.

En arrivant au bas de l'escalier, il leva les yeux et s'arrêta, cloué sur place.

M. Hauteclair, qui le suivait, demeura également immobile.

En face d'eux, était Marcelle descendant lentement l'escalier.

Elle les fixait d'un regard désolé ! Sur son buste rigide, son visage d'un blanc mat, encadré de tresses noires, portait l'empreinte d'une tristesse mortelle.

— C'est toi, Marcelle ? demanda anxieusement le père. Toi ici ?

— Oui, mon père, c'est moi, ici, répondit-elle d'une voix lente et grave.

— Pardonnez à un étranger, mademoiselle, dit René, une indiscrétion involontaire. J'étais venu prendre de vos nouvelles. Mais je dois vous laisser en famille.

En parlant ainsi, le docteur s'était reculé jusque dans le salon en compagnie de M. Hauteclair, la jeune femme marchant toujours sur eux et les repoussant, pour ainsi dire, du regard. Elle répondit :

— Restez, monsieur Duclos, vous n'êtes pas un étranger. Vous êtes même le bienvenu en ce moment. Vous veniez prendre de mes nouvelles, dites-vous. Eh bien ! je vais vous en donner.

— Ma sœur, ma chère sœur, dit Cécile en lui sautant au cou, c'était donc bien toi, vivante, en chair et en os. Tu n'es pas malade ! Oh ! que je suis contente! Mais que tu m'as fait peur [illegible] contrer ici.

— Ton cri m'a bien effrayée aussi. Mais il m'a rappelée à la réalité, à la triste, à l'horrible réalité.

— Qu'est-il donc arrivé, mon enfant ? interrogea vivement M. Hauteclair.

— Ce qui est arrivé, c'est que je me suis enfuie du château ce matin, c'est que j'ai déchiré de honte et de rage, mon voile et ma robe de mariée dans la chambre où je devais me reposer, c'est que j'ai mis en pièces mes guirlandes de fleurs d'oranger. Regardez, mon père, ma sœur, et vous aussi, Monsieur.

En même temps, Marcelle entrouvrit sa pelisse de voyage et montra tous ses ajustements en désordre, lacérés, voilant mal les splendides contours de sa poitrine et de ses épaules. M. Hauteclair fut stupéfait de ce spectacle.

— C'est ton mari qui a osé ?

— Non, mon père, puisque je viens de vous dire que j'avais fait tout cela moi-même.

— Que s'est-il donc passé ?

— Vous allez le savoir.

Marcelle était debout, les joues teintées de rouge, les prunelles étincelantes, paraissant dominer les deux hommes et la jeune fille qui lui prêtaient une ardente attention.

— Savez-vous à qui vous avez marié votre fille, mon père ?

— Mais, mon enfant, au comte Fabien de Villegente.

— Oui, mon père, au comte Fabien... C'est à un comte que vous avez donné votre fille aînée... Eh bien ! que Dieu préserve l'autre de votre ambition. En me faisant comtesse, vous avez fait de moi la plus malheureuse des femmes.

— Que dis-tu là, Marcelle ? Explique-nous...

— Ce matin, mon mari est entré contre mon gré dans ma chambre... Il a prétendu s'imposer à moi et il s'est même précipité sur moi pour prendre de force un baiser que je lui avais refusé.

— Mais, Marcelle, on ne refuse pas un baiser à son mari. Tu étais dans ton tort...

— Le croyez-vous, mon père ?

— Sans doute, ma chère enfant.

— Je crois, moi, qu'un homme ne doit jamais employer la violence contre une femme, surtout pour avoir un baiser. Un baiser est comme une fleur. On le cueille, on ne l'arrache pas. Bref ! une courte lutte s'est engagée entre nous et M. Fabien de Villegente, après quelques efforts, est tombé sur le parquet, comme une masse inerte, en proie à une horrible attaque d'épilepsie.

— Une attaque d'épilepsie ! s'écria le père tout frémissant. En es-tu bien sûre, Marcelle ? Est-ce que tu peux distinguer un accès de ce genre de toute autre crise nerveuse ?

— Voulez-vous que je vous en fasse la description la plus minutieuse ? Car j'ai eu tout le loisir de l'examiner. J'en ai encore l'horreur dans les yeux.

— Oui, fit le docteur. Veuillez, je vous prie, nous en faire la description.

— Ah ! c'est juste, ajouta railleusement Marcelle, nous avons ici le médecin qui s'intéresse à la maladie, sans souci du malade, l'homme de science qui cherche des cas curieux et qui se moque des cœurs torturés comme des membres amputés, le physiologue sec qui ne voit même pas à côté de lui une jeune fille prête à se trouver mal à la moindre émotion.

— Ma petite sœur, je t'en prie, intervint Cécile, ne me renvoie pas. J'ai eu peur tout à l'heure, mais c'est fini. Laisse-moi t'écouter...

— Soit, ma mignonne. Reste auprès de moi, si mon père y consent.

— Je vous demande pardon, dit à son tour René, de n'avoir pas prévu vos appréhensions concernant votre sœur. Mais il y a dans vos paroles des griefs que je n'ai pas compris.

— Vous ne tarderez pas à les comprendre.

Là-dessus, Marcelle entra dans les détails les plus circonstanciés sur la crise qui avait abattu son mari à ses pieds. Elle raconta ensuite l'intervention de la comtesse Louise, les soins qu'elles avaient donnés ensemble au malade, la discussion qui s'était élevée entre elle et sa belle-mère, enfin sa propre fuite à travers les champs.

— Voilà, mon père, conclut-elle amèrement, la nuit de noces de votre fille. Vous m'aviez promis le bonheur, voilà celui que vous m'avez donné. Croyez-vous que je doive vous en exprimer ma reconnaissance ?

— Je ne savais pas, ma pauvre enfant, je ne pouvais pas savoir... Sans cela, ni duc, ni prince, n'aurait eu ta main de mon consentement. Je t'aime trop pour que tu penses le contraire.

— Vous ne saviez pas, et, j'en conviens, vous êtes excusable. Mais, il y a ici quelqu'un qui savait et qui ne vous a rien dit. Et ce quelqu'un pourtant ne cessait avant mon mariage de faire montre d'amitié pour nous. Vous m'avez entendue, mon père ?

— Oui, mon enfant... De qui veux-tu parler ?

— De qui je veux parler, reprit Marcelle avec une animation croissante. Demandez-le donc à votre ami, M. le Docteur Duclos.

René comprenait bien qu'il serait appelé à s'expliquer sur son attitude. Mais il ne s'attendait pas à une mise en demeure aussi formelle. M. Hauteclair le regardait avec inquiétude, prêt à lui poser la question indiquée par sa fille.

Le docteur prit les devants. La consternation était peinte sur son visage.

— Monsieur Hauteclair, dit-il, c'est moi que madame a voulu désigner.

— Ainsi, reprit Marcelle d'une voix irritée, vous l'avouez, Monsieur. Vous connaissiez, avant mon mariage, la terrible maladie de M. Fabien de Villegente. Vous étiez, d'autre part, au courant des projets d'alliance formés entre les deux familles. Vous veniez fréquemment dans cette maison où le meilleur accueil vous était réservé. Et vous avez laissé ces projets s'accomplir, sans ouvrir la bouche, sans songer à me sauver du péril. Quel homme êtes-vous donc ?

— Je suis médecin, Madame. J'ai été appelé comme tel à soigner M. Fabien. Son secret ne m'appartenait pas. Je ne pouvais rien révéler.

— Et vous m'avez sacrifiée de gaîté de cœur ?

— J'ai laissé tout faire, la mort dans l'âme. Ah ! s'il eut fallu verser mon sang pour empêcher une pareille union, je l'aurais répandu jusqu'à la dernière goutte. Mon dévouement le plus complet vous était acquis...

— Beau dévouement qui s'affirme par une trahison.

— Calme-toi, Marcelle, dit M. Hauteclair. Le malheur qui t'arrive, M. Duclos ne pouvait le prévenir. L'honneur professionnel lui fermait la bouche...

— Ah ! voilà le grand mot lâché !... C'est avec ces prétextes-là que, vous autres hommes, vous commettez de mauvaises actions !...

— Marcelle !... ma fille !... implora le père.

— Oui, continua-t-elle très exaltée, de mauvaises actions. Que s'est-il passé ? Il y avait un jeune homme et une jeune fille, un fourbe et une innocente, celle-ci attirée dans un abîme par celui-là. Un homme, un seul homme au monde pouvait me protéger. Il me jurait déjà qu'il m'était dévoué, corps et âme. Et il ne m'a pas tendu la main, il s'est rendu complice du crime... Et me voilà perdue, condamnée à une vie misérable, par sa faute !...

— Pardonnez-moi, Madame. Le raisonnement que vous venez de tenir, je l'ai fait moi-même. Un jour, je résolus de vous sauver. La défense de votre intérêt me parut supérieure à toute autre considération.

— Eh bien !... Vous avez continué à vous taire !...

— Au contraire, j'avais commencé à parler... Rappelez-vous notre dernière conversation... Je vous faisais part d'un embarras cruel que j'éprouvais dans l'alternative ou de révéler un secret confié à mon honneur ou de voir se consommer le malheur d'une personne digne de toutes les félicités. Hélas ! La fatalité a coupé court à cet entretien. M. Hauteclair a été appelé dans ses ateliers. La comtesse Louise est survenue avec son fils, et, le soir même de ce jour, une dépêche m'appelait d'urgence auprès de ma mère très malade... Je suis revenu trop tard.

— Et moi, je n'ai plus qu'à mourir !... éclata Marcelle, ne pouvant plus retenir ses sanglots et ses larmes.

Cécile avait écouté, le cœur serré, la navrante histoire de sa sœur. Elle allait entourer le cou de ses bras, sangloter avec elle et lui prodiguer les plus affectueuses consolations.

Et pourtant, la situation était menaçante pour la jeune fille.

Une coïncidence douloureuse remettait en présence Marcelle et René Duclos.

L'événement sur lequel Cécile avait compté pour séparer à jamais René de Marcelle semblait devoir opérer entre eux un rapprochement peut-être plus étroit que leur précédente amitié. Ce rapprochement serait fait

[illegible] [illegible] marés [illegible] [illegible]
renseignement trop [illegible] à en calculer les conséquences.

Le domestique étant venu annoncer la visite de la comtesse Louise et de son fils Fabien, le docteur prit congé de la famille Hauteclair.

— Que viennent-ils faire ici ? dit Marcelle.

— Ton mari vient te chercher, répondit le père.

— S'il vient ici, je ne veux pas le voir. S'il me demande, je ne veux pas l'entendre; s'il vient me chercher, je ne veux pas le suivre. Dans votre intérêt comme dans le mien, n'exercez sur moi aucune contrainte. Car, alors, je ne sais plus ce que je ferais. Viens avec moi, Cécile, sauvons-nous dans ma chambre. Que je ne les voie pas.

M. Hauteclair resta seul pour recevoir les visiteurs.

En entrant, la comtesse lui tendit la main et dit avec un quart de sourire :

— La comtesse Marcelle est chez vous ?

— Oui, Madame.

— Ah ! je respire. Mais j'en étais sûre. Fabien craignait qu'il ne lui fût arrivé malheur.

— Je viens vous la redemander, Monsieur, dit le jeune homme.

— Que vous a-t-elle dit pour justifier sa fuite du château ? C'est insensé, ce qu'elle a fait, savez-vous bien ? Mon fils et moi, nous sommes disposés à lui pardonner, en raison de sa jeunesse et de son inexpérience. Où est-elle, cette chère enfant, que je la morigène devant vous et lui fasse entendre raison ?

Abasourdi par ce flux de paroles et surtout par le ton léger de la comtesse dans une circonstance aussi grave, M. Hauteclair ne sut d'abord que penser. Mais il se souvint de l'attitude indignée, résolue de sa fille, et il répondit d'une voix sévère :

— Vous nous avez trompés, ma fille et moi, madame ! Ma pauvre Marcelle est toute bouleversée de ce qui lui est arrivé, de ce qu'elle a vu ce matin.

— De quoi parlez-vous ainsi, cher monsieur ? fit la comtesse d'un air doucereux.

— De la maladie de Mr Fabien.

— Je m'en doutais. Elle a exagéré, avec sa sensibilité trop délicate, un petit accident sans importance. Fabien, harassé de fatigue, après une journée et une nuit entières d'émotion, très contrarié encore de ne pouvoir embrasser sa femme qui lui opposait une résistance incompréhensible, Fabien a eu le tort de se laisser aller à une attaque de nerfs sous ses yeux. Marcelle en a été impressionnée, que dis-je ? épouvantée. Elle a crié : Au secours ! Je suis accourue, mais je n'ai pu l'apaiser et elle s'est enfuie comme une grande enfant qu'elle est.

Comme on le voit, la tactique de la mère était toujours la même, d'une simplicité et en même temps d'une habileté incontestables. Elle voulait donner le change, en atténuant aux plus modestes proportions le mal redoutable de son fils.

Cette discussion continua quelque temps et se termina par un compromis. Les deux visiteurs accordèrent à M. Hauteclair un répit de deux jours pour raisonner sa fille et l'amener à composition. Fabien n'y consentit que sur les instances très pressantes de sa mère.

V.

Le testament du comte Rodolphe.

Le comte Rodolphe de Villegenie, mort depuis quinze mois, avait été dès sa jeunesse, un vaillant et joyeux vivant. A vingt-deux ans, il jouissait de quatre cent mille livres de rentes, d'une santé superbe, d'une soif inextinguible de plaisirs.

Au physique, c'était un colosse de belle allure. Il avait pour les femmes le culte le plus ardent. Il n'en aimait aucune, parce qu'il les aimait toutes.

Ne citons que deux de ses aventures amoureuses, l'une avec une jeune ingénue de Villejuif, Elisa Ranoir, qu'il abandonna comme tant d'autres au bout de quelques mois, mais à laquelle il fit une rente pour l'aider à élever un fils qu'il ne reconnut pas et qui s'appela Paul Ranoir.

La seconde aventure fut celle de son mariage. Il rencontra dans une soirée chez les parents de son ami Hauteclair, une jeune fille très séduisante, Louise Croizier, qui fit, de prime abord, la plus grande impression sur lui. Il entreprit sa conquête, croyant que le roman d'Elisa aurait une deuxième édition. Il n'en fut rien.

Louise était ambitieuse et avisée. Elle se plut à attiser le feu d'amour qui brûlait au cœur du soupirant auquel elle fit comprendre que le mariage seul la jetterait dans ses bras. C'est ainsi que ne voulant pas être sa maîtresse, elle devint sa femme.

Du reste, il lui fit payer cher sa victoire. Après quelques mois de cohabitation, il la délaissa presque complètement en se réinstallant dans sa garçonnière parisienne et en reprenant sa vie de débanches.

Un fils leur était né la première année de leur union.

Le comte Rodolphe possédait donc deux garçons, un bâtard et un légitime dont il n'eut pas lieu d'être très fier avec le temps. Le premier, Paul Ranoir, se montra de bonne heure un enfant anormal, indiscipliné, vicieux. Le second, Fabien de Villegente, présenta également tout jeune, des désordres physiques qui ne firent que s'aggraver par la suite. Ils avaient chacun leur tare, de caractère dissemblable, mais d'égale gravité, provenant sans doute, chez l'un et chez l'autre, des excès de tout genre commis habituellement par leur père.

Intenable dès son premier âge, Paul Ranoir dut être placé dans la section des enfants anormaux de l'asile de Bicêtre où il reçut un commencement d'instruction. Ses grands-parents le recueillirent à sa quinzième année, lorsqu'il parut amélioré et qu'il fit la promesse de travailler et de se bien conduire.

Détail singulier : Malgré la mort déjà lointaine d'Elisa, la rente paternelle continuait à être servie. Il est permis d'attribuer cette générosité du comte Rodolphe au souvenir attendri qu'il avait gardé de cette jeune femme, qui l'avait positivement adoré comme un être supérieur, doué de tous les dons.

Arrêté par une attaque soudaine de paralysie générale dans sa course aux plaisirs, il fut ramené un jour en toute hâte au château de Villejuif pour être confié aux soins de sa famille. On tombait bien.

Celui qu'on avait appelé si longtemps le beau comte Rodolphe dans les salons, sur les boulevards et dans les cabinets particuliers, n'était plus qu'une masse inerte où flamboyait une dernière lueur de vie.

Aucun son ne sortait plus de ses lèvres immobiles.

Son regard seul était resté vivant.

La comtesse Louise qui se souciait peu de passer les jours et les nuits au chevet de ce malade, avait trouvé une remplaçante zélée, d'une bonne volonté à toute épreuve. C'était Cécile Hauteclair, la filleule du comte. Elle l'aimait comme un second père et lui la chérissait. Elle fut la consolation et la joie de ses derniers jours.

Elle trouva même un moyen très ingénieux de parler avec lui.

Lorsque le malade avait vu Cécile installée à son chevet, un éclair s'était échappé de ses yeux, comme un éclair de bonheur. La jeune fille avait remarqué cette manifestation. Elle s'empressa de dire :

— Mon bon parrain, tu es content, n'est-ce pas, de m'avoir pour garde-malade ? Je ne te quitterai pas de la journée, je resterai ici, près de toi.

A ce moment, elle vit les paupières du vieillard s'agiter et s'abaisser sur les yeux grands ouverts. C'était comme une réponse. Cécile s'en assura bien vite.

— Est-ce que tu m'entends, mon parrain ? Est-ce que tu me comprends ?

Les paupières s'abaissèrent de nouveau par un mouvement rapide et se relevèrent aussitôt pour laisser voir le scintillement d'une larme, d'une larme de joie et de tendresse.

— Oh ! quel bonheur ! ajouta la jeune fille. Mais c'est la santé qui te revient. Après le regard, tu recouvreras la parole, puis l'usage des bras et des jambes, et dans quinze jours, tu descendras au jardin le bras appuyé sur mon épaule.

Le langage était trouvé entre le paralytique et sa charmante garde. Cécile le développa d'une façon très heureuse. Elle tira des mots et des phrases des organes visuels.

Elle prononçait une à une les lettres de l'alphabet et lorsqu'elle désignait celle qui devait commencer ou continuer l'orthographe du mot à deviner, les paupières l'indiquaient par leur mouvement affirmatif.

Tout le monde, sauf la comtesse Louise, fut enchanté de ce curieux progrès dans l'état du malade, auprès duquel Cécile passait les jours, tandis qu'une jeune religieuse, nommée Angélique, passait les nuits. Deux chérubins prodiguaient leurs soins à un vieux diable.

La veille de sa mort, ce dernier, encore lucide, dicta ces quatre mots à Cécile :

— Faire venir Paul Ranoir.

Ce vœu provoqua l'indignation de la comtesse et de son fils Fabien. Mais M. Hauteclair ayant insisté pour que satisfaction fût donnée au moribond, on alla chercher le fils d'Elisa, qui se trouvait occupé en ce moment à la laiterie Midoux, en qualité de livreur.

Il accourut très intrigué. Comme il voulait parler et se confondre en remerciements, Cécile mit vite la main sur ses lèvres pour lui imposer silence. Elle reprit elle-même son mode de conversation avec le malade. Celui-ci parvint, non sans efforts, à dire qu'il avait fait un testament intéressant le jeune homme dont l'original était dans un vieux bahut du quinzième siècle et là dans la chambre... la copie... la copie...

Il était épuisé... Sa révélation s'arrêta là...

Cachée derrière une petite porte de la chambre, la comtesse n'avait pas perdu la moindre syllabe de l'entretien. Lorsqu'elle quitta sa cachette, après le départ de Ranoir, elle avait la sueur au front, l'âme vibrante de colère.

A neuf heures du soir, elle alla trouver sœur Angélique, la gardienne de nuit :

— Mon mari étant très mal, lui dit-elle, je tiens à le veiller moi-même cette nuit. Vous pouvez vous retirer dans votre chambre.

— Permettez-moi de rester avec vous, madame... Je vous aiderai...

— Non, laissez-moi seule, je veux remplir mon devoir sans l'aide de personne.

Restée seule, Louise de Villegente s'assit dans le grand fauteuil de garde, placé à la tête du lit. Elle attendit, silencieuse et immobile, jusqu'à ce que le vieillard eût succombé au sommeil.

Alors, elle se leva doucement, prit un trousseau de clefs sous le traversin, se hâta vers le bahut qu'elle ouvrit avec les plus grandes précautions et en ramena une feuille timbrée, couverte d'écriture. C'était le testament.

Elle y lut aussitôt la disposition suivante :

« Je lègue à Paul Ranoir qui est mon fils naturel, la moitié de mon titre nominatif de cinquante mille francs de rente. »

Elle se redressa en ricanant, en brandissant le papier. Elle semblait ainsi narguer le malade, dont les yeux venaient de se rouvrir, braqués ardemment sur la femme. Celle-ci tendit les mains jusque vers le cou de son mari comme pour l'étrangler. Elle se ravisa.

— Non, rugit-elle, pas encore. Il faut que tu assistes à la destruction de cet acte infâme. Il faut que tu saches bien, avant de mourir, que ton œuvre de spoliation va mourir avec toi. Ah ! scélérat, tu t'es traîné dans la fange de ton vivant et tu veux continuer après ta mort ! Un pareil testament ne pouvait être signé que par un homme comme toi. Et Fabien, ton fils légitime, qu'en fais-tu donc ? Tu le dépouilles pour enrichir l'autre !... Mon cher Fabien, mon fils ! Tiens, regarde ! Ouvre ton œil de bandit, voilà ce que j'en fais de ton testament !

Elle présenta aussitôt le fatal papier à la flamme d'une allumette.

— Vois comme il flambe ! s'écria-t-elle. Les vingt-cinq mille francs de rente de Ranoir ne sont plus qu'une pincée de cendres. A nous deux, maintenant !

Elle se précipita vers le lit du comte... Mais elle n'eut pas besoin d'accomplir son forfait... Le moribond venait d'avoir un suprême hoquet et de rendre le dernier soupir.

Dès le lendemain matin, Paul Ranoir, averti du décès, requit du juge de paix de Villejuif une apposition de scellés sur les meubles de la chambre mortuaire. Non seulement il connaissait, par la confidence du comte, l'existence d'un testament fait en sa faveur, mais encore il savait par son patron, M. Midoux qui tenait le secret de M. Hauteclair, grand ami du défunt, quelle était à peu près l'importance de son héritage.

Vingt à vingt-cinq mille francs de rente !... Une fortune inespérée, splendide ! Un pactole inépuisable... La belle et bonne vie que cela promettait !

Les scellés furent régulièrement apposés, malgré les résistances de la comtesse et de son fils... Paul Ranoir eut la joie de triompher ce jour-là.

Mais quelques jours après, quand le juge de paix procéda à la levée des scellés, cette joie se changea en consternation. On ne découvrit aucune trace d'un testament quelconque. Les châtelains eurent leur revanche. Profondément déçu, Ranoir sortit en proférant des protestations et des menaces.

Il ne se résigna pas à la perte de ses espérances. Loin de là.

Un après-midi, sa journée finie, il se rendit à la tombée de la nuit au château de Villejuif. La grille n'était pas encore fermée à clef. Il pénétra dans l'allée, sonna à la porte du perron et dit à la domestique qui vint ouvrir :

— Mme la comtesse est-elle au château ?

— Oui, monsieur.

— Veuillez lui annoncer une visite de la part de M. Hauteclair.

A ce nom, la domestique le fit entrer dans le salon, où la comtesse Louise ne tarda pas à venir elle-même. Mais elle s'arrêta sur le seuil, à la vue du visiteur :

— Vous ici, monsieur ! s'écria-t-elle. Envoyé par M. Hauteclair !...

— J'ai à vous parler, madame... M. Hauteclair est étranger...

— Sortez, monsieur.

— J'ai à vous parler, vous dis-je. Dans votre intérêt, veuillez m'écouter. Du reste, je ne partirai pas, vous m'entendez bien, avant de m'être expliqué avec vous. Si vous recourez à la force, tant pis pour vous. Vous n'y gagnerez que du tapage, du scandale, après une lutte acharnée. Vous ferez beaucoup mieux de m'entendre.

La comtesse réfléchit une minute, à la suite de ces paroles, dont elle pesa rapidement la portée. Maîtrisant son indignation, elle ferma la porte du salon, fit deux pas en avant et dit d'une voix sèche, en restant debout :

— J'y consens. Parlez.

— Je viens vous prier de me dire si vous avez retrouvé le testament de votre mari, M. le comte de Villegente.

— Le comte Rodolphe n'a pas fait de testament. Il n'en existe pas.

— Ce testament a existé, madame. M. le comte l'a fait en double expédition, l'une déposée dans un meuble du château, l'autre...

— Mensonges que tout cela. Lors même que le comte aurait écrit ses dernières volontés, en quoi cela vous intéresserait-il ?

— Enormément, madame, puisque M. le comte m'a fait un legs très important.

— Tant que cela ?

— De vingt-cinq mille francs de rente.

La comtesse faillit se troubler en constatant que cet homme était si bien informé. Elle lança vivement cette réplique :

— Et qui vous a si bien renseigné ?

— Que vous importe... Je le sais. Tenez, pour en finir à l'amiable, je suis prêt à transiger. Je ne réclame pas vingt-cinq mille francs, je me contenterai de dix mille. Consentez-vous à me les donner ?

— Non, monsieur, pas plus dix mille que vingt-cinq. Je ne vous dois rien...

— Ah ! prenez garde. C'est la lutte à outrance que vous engagez !

— N'essayez pas de me faire peur... Je n'ai rien à craindre.

— Craignez tout, au contraire. Je sais bien des choses. Je sais notamment que vous avez tenu à veiller vous-même au chevet du comte, la nuit de sa mort, après avoir éloigné la garde-malade.

— Qui vous a dit cela ?

— Celle qui est incapable de mentir, Mlle Cécile Hauteclair.

— Petite vipère ! murmura la comtesse irritée. Elle a parlé.

— Il paraît que cela vous touche. Je dirai que M. le comte vivait complètement séparé de vous depuis vingt ans et qu'il était mon père...

— Vous êtes fou, sortez !

— Il faut que vous m'écoutiez encore. Si vous avez détruit un exemplaire du testament, il en existe un autre que je retrouverai... Oui, je le retrouverai, je suis sur la trace... Et nous compterons, madame la comtesse.

— Assez... Sachez ceci pour en finir. Si, par impossible, il existait une disposition testamentaire de ce genre, j'en contesterais la validité, je la ferais casser, je vous le jure, comme émanant d'une tête inconsciente. Elle serait comme si elle n'était pas. Et maintenant, sortez, et que l'on ne vous revoie plus !...

— Oui, je sors, riposta Ranoir exaspéré, car je sens que je serais capable de vous... Mais plus tard... Oui, plus tard, comtesse, acheva-t-il avec une sorte de hurlement, je vous briserai comme je brise ce vase.

Il prit un superbe vase de vieux Rouen sur la cheminée et le fit voler en éclats aux pieds de la comtesse. Puis, il se précipita dehors.

Il avait la tête en feu. Comment lui, l'homme nerveux et irascible au suprême degré, avait-il pu garder un pareil calme dans sa discussion avec une femme qu'il exécrait ?

En pensant à l'immense fortune dont elle le dépouillait, il vomit contre elle un flot d'imprécation et d'injures. A dater de ce jour, il erra comme un fauve dans les rues de Villejuif, entrant dans les cabarets, avalant l'alcool à pleins verres, glissant à la folie furieuse.

Son amie, Perrine Capron, qu'il devait épouser après la réalisation de son héritage et qui se réjouissait avec lui de cette brillante perspective, fut impuissante à l'arrêter au bord de l'abîme.

Un incident précipita la catastrophe. Un soir qu'il vaguait, le cerveau en ébullition, les prunelles hagardes, aux alentours du château, il aperçut Fabien qui s'en approchait triste et rêveur comme d'habitude. Il se porta vivement à sa rencontre et l'apostropha en termes grossiers :

— Ah ! chien, fils de chienne, te voilà. Il faut que je me paie sur ta peau du vol que vous me faites subir, ta mère et toi !

Il se jeta sur le jeune comte qui se défendit à coups de canne et appela au secours de toute sa force. Une lutte atroce s'engagea... Les deux adversaires avaient roulé sur le sol, échangeant toujours les coups les plus furieux, lorsque la comtesse Louise, ayant entendu l'appel de son fils, accourut avec deux domestiques, et se rua intrépidement entre les acharnés lutteurs. Il n'existait aucun danger pour elle, du moment qu'il s'agissait de venir en aide à son enfant.

Les domestiques, aidés d'un passant, lui prêtèrent main forte et parvinrent à maîtriser Ranoir. Ils le conduisirent, malgré ses menaces, ses torsions et ses ruades, au commissariat de police de Villejuif. Le docteur René Duclos, mandé d'urgence, reconnut un accès de folie furieuse, et rédigea un certificat en conséquence.

Il s'ensuivit que Ranoir fut transféré, le même soir, à l'asile des aliénés de Bicêtre, son ancienne résidence, et interné dans le bâtiment de la Sûreté, affecté aux aliénés dangereux.

VI

La vengeance de la comtesse Louise

Cédant aux sollicitations très instantes de son père, Marcelle avait réintégré le domicile conjugal, à peine entrevu jusqu'ici par elle.

Mais sa porte était restée obstinément fermée au jeune époux qui brûlait de la franchir. Quoique habitant la même maison, les deux nouveaux mariés continuaient à vivre à l'écart l'un de l'autre.

Fabien s'en plaignit à sa mère qui s'efforça vainement de ramener la rebelle à de meilleurs sentiments. Aucun argument, aucune prière, ne prévalut contre la froide résolution de Marcelle.

La comtesse Louise, qui voyait son fils très malheureux, conçut une haine violente non seulement contre la jeune femme, mais encore contre celui qu'elle considérait comme son complice, contre le docteur René Duclos, qui venait de reparaître si malencontreusement à Villejuif.

Une circonstance tout à fait inattendue avait opéré le rapprochement de Marcelle et de René. Ce dernier avait été appelé par M. Hauteclair pour donner ses soins à Cécile, prise d'un malaise subit qui se prolongea toute une semaine. Il n'en fallut pas davantage pour réunir fréquemment deux êtres qui attendaient impatiemment l'occasion de se rejoindre, de se réconcilier, de reprendre les douces causeries de naguère, de se donner discrètement des témoignages de leur mutuelle affection.

Ils n'y manquèrent pas. Et la pauvre Cécile, témoin trop clairvoyant de leur cruel manège, versait en secret des torrents de larmes. Aussi se leva-t-elle le plus tôt possible, pour ne plus servir de prétexte à ces rendez-vous qui causaient son supplice.

Marcelle et René convinrent de se rencontrer trois fois par semaine dans la campagne, à des heures et des endroits déterminés, elle faisant des promenades en voiture, lui allant en visite chez ses clients. Mais cela ne suffit pas encore au docteur. Car, il ne pouvait s'agir, en pareil cas, que d'entrevues furtives qu'il fallait abréger, pour éviter les mauvais propos.

Aussi se hasarda-t-il un jour à demander à son amie la faveur d'un rendez-vous nocturne qui leur permettrait de longues confidences, à l'abri de tout regard indiscret.

— Est-ce que cela vous déplairait, termina-t-il, de vous promener une heure à mon bras dans les sentiers déserts, avec la lune pour seul témoin ?

— Oh ! non, vous le savez bien.

— Alors, venez, consentez à venir, je vous en prie

— Je n'ose, mon ami, ce serait mal. Il me semble que j'aurais honte...

— Non, Marcelle, chassez une telle crainte. Notre affection si pure n'a rien, n'aura jamais rien de criminel. Ce n'est pas votre faute, ce n'est pas la mienne si un événement trop brusque a séparé nos deux destinées qui devaient être intimement unies. Vous n'aurez jamais à rougir devant moi, je vous le jure. Vous êtes et vous resterez pour moi la noble jeune femme, à l'âme intacte comme le corps, toujours vénérée comme la vierge des autels par ses fervents adorateurs.

Les femmes qui écoutent un semblable langage et qui se trouvent dans la situation de Marcelle finissent toujours par céder. Elles ont la promesse d'être respectées. Elles s'abandonnent avec joie à l'entraînement de leur amour.

— Vous me le jurez, dites-vous ? questionna-t-elle presque résolue.

— Je vous le jure et je n'ai jamais manqué à mon serment.

— Alors, j'accepte.

Ils convinrent d'une promenade nocturne une fois par semaine ainsi que du lieu de rendez-vous et se séparèrent, aussi heureux l'un que l'autre.

La comtesse Louise soupçonnait l'existence d'un secret blâmable entre le docteur et sa bru, secret qui causait l'infortune de son fils ; mais, si disposée qu'elle fût à charger ces deux complices de toutes sortes de vilenies et de trahisons, elle s'arrêtait encore à de moins graves conjectures.

Sans ce médecin de malheur, il eût été possible de rappeler, M. Hauteclair aidant, la jeune femme à l'accomplissement de son devoir et de faire cesser la torture de Fabien.

Ah ! ce René Duclos, comme elle le haïssait !

À ce moment de sa vie, elle inspirait elle-même à quelqu'un autre une égale aversion. Cet autre, c'était Paul Ranoir. Elle ne le craignait pas, le sachant emmuré à triples verrous dans la geôle de Bicêtre.

Et pourtant, cet homme était toujours redoutable. Sa crise de folie aiguë passée, il n'avait plus songé qu'à la disparition du testament et au moyen de châtier l'auteur de ce rapt.

Perrine Capron, sa maîtresse, allait le voir chaque dimanche au parloir de la section des aliénés dangereux. Malgré la surveillance très étroite exercée sur les visiteurs, elle lui avait fait passer dans un biscuit une lime d'acier très fine. Il s'en était déjà servi pour scier, avec une précaution infinie, durant toute une nuit, un barreau de fenêtre de sa cellule.

En embrassant Perrine à sa dernière visite, il réussit à glisser dans sa poche un minuscule chiffon de papier qu'elle déplia au dehors. Elle frémit à la lecture : « Apporte-moi, mardi soir, dix heures, des vêtements civils au delà du Fort, en face de Villejuif, ainsi que mon couteau à virole. Brûle ce papier. »

Le surlendemain, à dix heures moins quelques minutes, Ranoir disposa son traversin dans son lit pour lui donner l'aspect d'un corps étendu et le coiffa d'un bonnet de coton. Puis il poussa doucement, mais avec vigueur, le barreau scié par en haut et le fléchit de côté suffisamment pour laisser passage. Alors, il se hissa par la fenêtre et, après avoir mis le pied dans un jardin, rétablit le barreau à sa place.

Pour gagner les champs, il y avait deux murs à franchir et surtout des rencontres à éviter. Il connaissait le terrain. Rien ne l'arrêta.

Perrine l'attendait debout contre un arbre, à la place indiquée. Un paquet gisait à ses pieds.

— Enfin, te voilà, dit-elle. J'ai eu peur. Tu es en retard.

— As-tu mes effets ?

— Oui, les voici.

Il troqua promptement son costume d'aliéné contre les vêtements apportés.

— Tu vas m'attendre ici, Perrinette.

— T'attendre ici, cette nuit ? Je ne vais donc pas avec toi ? répliqua-t-elle, effrayée.

— Ne crains rien. Ce ne sera pas long. Dans une heure, je serai de retour.

— Où vas-tu donc ?

— À Villejuif.

— Quoi faire ?

— Je te le dirai en revenant. Et le couteau à virole, où est-il ? Donne-le.

Perrine sentit l'épouvante la gagner. Elle comprenait que Paul allait exécuter un projet terrible... Elle sortit timidement l'arme de sa poche.

— Tu veux ce couteau ? dit-elle oppressée.

— Mais donne-le donc.

Il le lui arracha vivement.

— Attends-moi ici... A tout à l'heure.

Ce disant, il s'enfonça dans la nuit, à travers champs, du côté de Villejuif.

Il effectua une course effrénée dans les guérets, au-dessus des haies, à travers les vignes, le long des pépinières. Il ruisselait de sueur.

Ils convinrent d'une promenade nocturne (p. 32).

En moins de vingt minutes, il atteignit le château de Villegente.

Après quelques tâtonnements, il entra dans le petit parc.

Il y avait de la lumière danc le salon du rez-de-chaussée.

La comtesse était là, occupée à lire. Elle était seule. Par une imprudence fatale, elle avait laissé une fenêtre ouverte, à cause de la chaleur.

Il s'élança du jardin, le couteau entre les dents, et bondit de la fenêtre dans le salon, comme un tigre altéré de sang.

— Qui est là ? fit la comtesse, se dressant, épouvantée.

— C'est moi, Paul Ranoir, dit l'homme. Je viens te tuer.

Elle trembla de tous ses membres, et cria, les yeux dilatés :

— A l'assas... !

Elle n'acheva pas le mot. D'un geste terrible, Ranoir lui avait enfoncé le couteau dans la gorge.

Elle tomba comme une masse sur le tapis.

Il retira son arme de la plaie, en ricanant d'une façon atroce, et par deux fois la replongea dans le cou de sa victime.

Certain qu'elle était morte, il sauta par la fenêtre et disparut dans la nuit.

Au même instant, la porte s'ouvrit. Fabien entra.

Il avait entendu des bruits inquiétants et le cri poussé par sa mère.

Il la vit étendue dans une mare de sang, avec des blessures affreuses au cou.

— Oh ! ma mère ! ma mère ! s'écria-t-il d'une voix désespérée. Morte !... Assassinée !... Oh ! mon Dieu ! Au secours !... Au secours !...

Ses cris attirèrent les gens du château, le cocher et le jardinier, qui demeurèrent consternés à la vue de leur maîtresse égorgée.

— Vite ! un médecin !... Appelez ma femme ! ordonna Fabien sanglotant.

Le cocher dit à son collègue :

— Allez prévenir Mme la comtesse Marcelle et chercher le docteur Duclos. Moi, je cours prévenir le commissaire de police.

Les deux domestiques partis, Fabien se pencha sur sa mère bien aimée et se mit à étancher le sang de ses blessures. Soudain, ô douce surprise ! il la vit qui ouvrait les yeux et le regardait avec amour.

— Oh ! tu vis, lui dit-il, les mains jointes, tu vis, mère adorée !

— Non, mon fils... Je meurs !...

Elle articula ces cinq mots d'une voix faible, sifflante, avec effort.

Le jardinier rentra au même instant et dit à Fabien :

— Mme la Comtesse n'est pas chez elle.

— Vite, le médecin.

Le jardinier se précipita dehors.

— Ce n'est pas la peine, Fabien, murmura encore la comtesse. Embrasse-moi bien... Je t'aimais tant !...

— Et moi aussi, ma mère, je t'aimais, je t'aime... Non, je ne veux pas que tu meures ainsi !... Dis-moi, oh ! dis-moi qui t'a frappée. Je te vengerai, je te le jure.

— C'est Ra... Ra...

— Paul Ranoir ?

— Oui...

— Ne parle plus, je t'en prie. Oh ! un médecin, mon Dieu !... mon Dieu !... Ce Ranoir, je l'étranglerai, je te le jure !... Tu auras un vengeur, ton Fabien !

Il embrassa sa mère à plusieurs reprises... Au bout d'un quart d'heure, la mourante revint encore à elle sous le feu des caresses filiales.

En même temps, la porte s'ouvrit pour donner encore une fois passage au jardinier. Il était seul. Fabien le fixa d'un œil consterné :

— Et le médecin ?

— Le docteur Duclos n'était pas chez lui.

— Courez à Gentilly... Ramenez-en un autre...

La moribonde avait tout entendu. Elle parut se ranimer un peu... Un éclair fauve passa dans ses yeux.

— Ecoute-moi, fit-elle avec peine. Je vais mourir. Mon assassin, ...c'est Paul Ranoir... Mais toi seul... le sauras...

— Non, ma mère !... Je crierai son crime à l'univers entier !

— Ne m'interromps pas... Sais-tu où est ta femme... en ce moment ?

— Où est... ma femme... Marcelle ?

— Oui, elle est avec le docteur Duclos..., son amant, ...ton pire ennemi.

— C'est donc pour cela qu'on ne l'a pas trouvée chez elle ?

— Oui, mais... écoute... Non, tout à l'heure... Oh ! mon Dieu !...

La comtesse fut saisie d'une faiblesse qui sembla être la dernière.

Son fils la regardait, frappé de stupeur.

A cet instant, le commissaire de police entra, suivi de deux agents.

Le magistrat se prosterna devant la comtesse et lui toucha la main.

Il crut voir aussitôt un souffle de vie passer sur son visage.

— Madame la Comtesse, demanda-t-il avec anxiété, m'entendez-vous et pouvez-vous me répondre ?

— Oui, fit-elle avec un léger mouvement des lèvres.

— Connaissez-vous votre assassin ?

— Oui.
— Qui est-ce ?
— Le docteur... René Duclos.
— Vous dites bien, articula le commissaire stupéfait, le docteur René Duclos ?
— Oui.
La comtesse de Villegente prononça ce dernier mot par un tremblement presque imperceptible des lèvres et elle expira.
Le magistrat et Fabien, penchés sur le visage de la morte, avaient frémi tous les deux.
Le fils avait compris la terrible pensée de sa mère. C'était son vœu suprême qu'elle avait exprimé. Ce vœu répondait du reste aux sentiments de jalousie et de colère qu'il éprouvait depuis que sa mère lui avait expliqué le motif de l'absence simultanée de Marcelle et du docteur. Ce vœu abominable, il jura de le respecter.
Le crime constaté, le commissaire de police n'avait plus qu'une chose à faire, rechercher l'assassin qu'il connaissait et procéder d'urgence à son arrestation.
Comme il gagnait la porte, Fabien se releva, disant :
— Pardon, Monsieur le Commissaire, j'aurais un mot à vous dire.
— Je vous écoute, Monsieur le Comte.
— Lorsque je suis accouru auprès de ma mère, mon premier soin a été d'envoyer chercher un médecin. Mon jardinier s'est rendu chez M. Duclos et il est revenu me dire que le docteur était absent de son domicile.
— Quelle heure était-il à ce moment ?
— Entre onze heures et onze heures et quart.
— C'est tout ce que vous vouliez me déclarer ?
— Oui, Monsieur le Commissaire.
Il était minuit passé lorsque le magistrat et ses agents arrivèrent à la maison du médecin. Le premier tira vivement la sonnette.
Une fenêtre ne tarda pas à s'ouvrir au premier étage.
René Duclos passa la tête au dehors en se frottant les yeux.
— Que désirez-vous ? demanda-t-il.
— Vous parler, répliqua le commissaire. Ouvrez-nous.
— S'agit-il d'un malade ? Non. Alors, vous reviendrez demain matin...
— Je vous répète, Monsieur le Docteur, que j'ai à vous parler tout de suite.
— Qui êtes-vous ? fit René d'un ton impatient.
— Je suis le Commissaire de police.
— Et vous avez une communication pressante à me faire ?
— Très pressante.
— Attendez-moi. Je descends.
Le commissaire se retourna vers les deux agents :
— Restez ici pour surveiller les issues. Empêchez-le de fuir. Je vais entrer dès que la porte s'ouvrira. Toutefois, si je reste quelque temps à parler, vous pénétrerez auprès de moi dans la maison.
Un bruit de verrous se fit entendre. La porte tourna et le docteur apparut, habillé d'une façon sommaire, une bougie à la main.
— Donnez-vous la peine d'entrer, Monsieur le Commissaire.
René conduisit le magistrat au salon où il alluma plusieurs bougies.
Le commissaire put constater, à sa grande surprise, que le médecin gardait un calme inconcevable. C'était un homme évidemment très fort, ne soupçonnant pas la dénonciation de sa victime.
— Vous devinez, Monsieur Duclos ? dit le commissaire.
— En effet, vous m'avez dérangé. Bah ! cela nous arrive souvent à nous autres médecins. Mais asseyez-vous donc, Monsieur le Commissaire, et faites-moi connaître le sujet de votre visite.
— Vous ne le devinez pas ?
— Non. Que voulez-vous dire ?
— Je viens vous trouver à propos de l'assassinat.
— Quel assassinat ?
— Celui de la comtesse Louise de Villegente.
— Grand Dieu ! Qu'ai-je entendu ? La comtesse de Villegente a été assassinée ? Et où et quand cela ?
— Dans son château même, à onze heures environ.
— Courons-y, Monsieur le Commissaire, s'écria René en se levant. Peut-être n'est-elle pas morte et mon intervention...
— Restez, Monsieur, elle est malheureusement morte. Elle a eu la gorge traversée de trois coups de couteau. Je viens de la quitter.

— C'est épouvantable ! La comtesse égorgée dans son château !... Par qui ? Avez-vous des soupçons ?......

— Mieux que des soupçons... Une certitude.

— Ah ! tant mieux ! Les auteurs de cet horrible forfait seront donc arrêtés et punis.

— Les auteurs, non, mais l'auteur. Il n'y a qu'un assassin.

— Et vous le connaissez ?

— C'est la comtesse elle-même qui me l'a désigné, vous m'entendez bien. Car, lorsque je suis arrivé auprès d'elle, elle respirait encore, malgré ses affreuses blessures, elle m'a reconnu, elle m'a parlé.

— La malheureuse ! Elle a dû horriblement souffrir. Mieux eût valu pour elle une mort foudroyante, instantanée !

Le commissaire demeura interloqué par le cynisme du médecin.

Comment ! Il osait maintenant s'apitoyer sur les souffrances de sa victime et exprimer le regret qu'elle n'eut pas péri plus vite !...

— Cela eut mieux valu aussi, n'est-ce pas ? pour l'assassin, monsieur Duclos, répliqua le magistrat d'une voix presque menaçante en prononçant intentionnellement les trois derniers mots à la suite l'un de l'autre.

— Mais qui ? nommez-le donc ! cria le docteur impatienté.

— Vous ne m'avez donc pas compris ? Je vous ai dit que la comtesse m'avait parlé. Donc, elle m'a nommé l'assassin.

— Encore une fois, qui ? Qui vous a-t-elle nommé ?

— Vous ! clama le commissaire.

René eut comme un éblouissement. Il crut avoir mal entendu.

— Moi ?... Qui ?... Moi ?

— Vous, oui, vous-même.

— Allons donc ! Elle ne m'a pas nommé !...

— Elle a parfaitement prononcé ces quatre mots : Le docteur René Duclos. Croyant à une méprise, je lui ai demandé si c'était bien le docteur René Duclos qu'elle dénonçait comme son assassin, elle m'a répondu : Oui, et elle a rendu le dernier soupir. L'accusation est formelle, précise, solennelle. Il n'y a pas d'équivoque possible. C'est vous qui avez égorgé la pauvre femme.

En entendant ces paroles, René frémit d'horreur. Des gouttes de sueur perlèrent sur son front. Il était révolté de toute son âme contre la monstrueuse accusation.

— Un assassin !... moi !... L'assassin de la comtesse de Villegente, moi !... fit-il d'une voix tonnante... C'est insensé !... C'est insensé !...

A ce moment, les deux agents de police entrèrent dans le salon, et, à leur suite arrivait toute effarée, une femme en cheveux blancs, Clotilde Duclos, la mère du jeune médecin.

C'était une femme de cinquante-six ans, à la figure bonne et douce, au regard limpide comme celui d'un enfant. Elle aussi, elle adorait son fils plus que tout au monde et René lui rendait bien cette ardente affection.

Le coup de sonnette du commissaire l'avait réveillée et fait gémir, comme d'habitude, sur la dure obligation que le devoir professionnel imposait à son fils. Puis elle entendit des éclats de voix dans le salon. Que se passait-il donc ?...

Elle revêtit un peignoir en toute hâte... Elle descendit au bruit des voix. Elle arriva juste à temps pour entendre René articuler d'une voix vibrante, indignée, ses dernières protestations.

Elle frissonna. Son visage devint blême. Une indicible angoisse l'étreignit.

— Un assassin !... Qui !... Toi, René ?... Que signifient ces paroles ?

Et regardant l'homme qui était là, elle le vit ceint de l'écharpe tricolore.

— Ah ! le commissaire de police ! ajouta-t-elle avec effroi.

— Oui, ma mère, c'est le commissaire de police qui vient me mettre la main au collet, parce que je suis un assassin, parce que j'ai tué à coups de couteau la comtesse Louise de Villegente.

— Un assassin, toi !... c'est abominable !... Mais c'est absurde aussi... Cette accusation ne peut t'atteindre. Monsieur le commissaire te connaît bien, il sait que tu es un homme de devoir et d'honneur, que tu es incapable...

— Pardon, madame, interrompit le commissaire, c'est la comtesse elle-même qui avant de mourir, a désigné son assassin...

— Mensonge !... Délire !... se récria le docteur. La comtesse n'a pu parler qu'en personne inconsciente. Il faut un autre témoignage pour soutenir une pareille accusation...

— Oui, fit le commissaire d'un ton sec, c'est ce que nous allons voir

Ainsi, monsieur le docteur, vous niez avoir commis le crime qui vous est imputé ?

— De toute mon énergie.

— Ce crime a été commis à onze heures environ. Où étiez-vous à ce moment-là ?

— Où j'étais ?... balbutia René en proie à une stupeur inexprimable.

— Oui, où étiez-vous ? articula lentement le commissaire en observant le trouble du jeune médecin.

Clotilde s'aperçut également du saisissement et de l'hésitation de son fils. Elle n'en chercha pas la cause. Elle répliqua aussitôt :

— Il était ici. Dis-le à M. le commissaire, mon enfant, que tu étais ici.

— Pas de mensonge, madame, je vous en prie, répartit impérieusement le magistrat. A l'heure où le crime a été consommé, le docteur Duclos se trouvait absent de son domicile.

— Comment ? Il était absent ? répéta la mère torturée.

— Oui, on est venu le chercher ici pour donner des soins à la comtesse. On ne l'y a pas trouvé. Répondez-moi franchement vous-même, monsieur le docteur. Au moment où l'assassin accomplissait son œuvre, étiez-vous rentré dans cette maison ?

— Non, fit résolument René avec toute la loyauté de son caractère.

— Tu n'étais pas chez toi, mon cher enfant ? questionna Clotilde aux abois.

— Non, ma mère.

— Où étiez-vous, monsieur ? reprit le commissaire.

René garda le silence.

Sa mère le contempla avec des yeux pleins de surprise et de supplication.

— Je vous le répète, poursuivit le magistrat. Où étiez-vous ? Parlez...

— Je ne puis le dire, balbutia René.

Clotide vacilla étourdie, comme si elle eut reçu un choc à la tête. Elle regarda son fils dans les yeux jusqu'au fond de l'âme. Elle mit ses mains sur ses deux épaules, elle le supplia de parler, de dire où il était, de rejeter loin de lui l'horrible accusation... Il résista implacablement.

— Tu comprends bien, ma mère, finit-il par répondre, que si je persiste à me taire devant le danger qui me menace, c'est que l'honneur l'exige, c'est que je ne veux pas commettre une trahison infâme.

— L'honneur, dis-tu ? Mais c'est le tien, malheureux enfant, qui est en jeu. En te taisant, ton honneur que je mets au-dessus de tout, s'effondrera dans la boue et le sang. Il y a aussi le mien. Est-ce que ta honte ne serait pas la mienne ? Est-ce qu'en acceptant l'épouvantable injure qui t'est faite, tu n'en éclabousses pas les cheveux blancs de ta mère ? Oh ! René, tu me brises le cœur.

A ces mots, Clotilde, en proie à une violente émotion, ne put contenir ses sanglots. Des larmes abondantes sillonnèrent son visage.

Le spectacle de cette douleur bouleversa le jeune homme.

— Ah ! ma mère ! s'écria-t-il, tu veux donc faire de moi un traître, un parjure ?

— Non, balbutia Clotilde, mais je ne veux pas que tu passes pour un assassin. Allons, parle, mon René. Réponds à M. le commissaire.

Le docteur fit un pas vers le magistrat. Il était d'une pâleur livide.

— Je vais tout vous dire, fit-il d'une voix étouffée. Je me trouvais vers onze heures sur la route de Vitry, à la hauteur du Moulin Saquet, avec...

— Avec ?... demanda le commissaire.

— Eh bien ! non. Je ne puis prononcer un mot de plus. Faites de moi ce que vous voudrez.

— Au nom de la loi, monsieur Duclos, je vous arrête !

En scandant chacun de ces mots, le commissaire fit signe aux deux agents qui s'approchèrent du prisonnier.

Le docteur éprouva comme un choc qui lui donna le vertige. Suffoquant de douleur, Clotilde se jeta à ses genoux, l'invoquant à mains jointes.

— O mon fils, tu me tues, je ne survivrai pas à cette horrible épreuve. Tu ne peux pourtant pas m'abandonner de la sorte, moi, ta pauvre mère, qui ne vis que par toi. Tu vois, je me traîne à tes pieds, je pleure, je te conjure. Que t'ai-je fait pour que tu n'aies pas pitié de mes larmes, de ma souffrance !... Oh ! oui, mon enfant, j'ai la conviction que tu n'es pas coupable, que tu peux, d'un seul mot, prouver ton innocence. Prononce-le donc, ce mot, mon René.

René pleurait en écoutant les supplications de sa mère.

Mais pouvait-il avouer qu'il se trouvait, durant cette soirée, avec Marcelle, avec la femme du comte Fabien de Villegente ? C'eût été une lâcheté qui l'aurait livré au mépris, non seulement de la foule indifférente, mais de Marcelle elle-même. Tout, oui, tout, excepté cela.

Il porterait sa tête sur l'échafaud plutôt que de livrer son secret.

Il dit à sa mère d'une voix entrecoupée de sanglots :

— Pardonne-moi, mère chérie, la douleur que je te cause. Pardonne-moi aussi la honte que je t'inflige. Mais embrasse-moi une dernière fois. Tu apprendras peut-être un jour le motif de mon silence, et alors tu m'absoudras. Oui, je suis innocent de l'odieux crime que l'on m'impute. Mais je serais coupable d'un autre crime si je cédais à ta prière.

— Ah ! cruel enfant ! Est-ce donc ainsi que tu veux me quitter là.

— Allons, venez, monsieur, commanda le commissaire en indiquant la porte.

— Adieu !... ma mère !... A bientôt.

René embrassa sa mère défaillante et, se dégageant de ses bras, marcha résolument entre les agents de police.

Sa mère tendait vers lui ses mains tremblantes.

Lorsqu'il disparut, elle tomba évanouie sur le parquet, en murmurant :

— O mon Dieu ! mon René !... mon fils !...

VII

Un beau dévouement

Le lendemain matin, tout Villejuif était en rumeur et en révolution.

La comtesse assassinée, le docteur Duclos arrêté, deux événements inouïs, qui jetaient la stupeur dans les esprits les plus indifférents.

La villa Hauteclair donna tout de suite les signes de l'émotion la plus intense.

Elle s'était ouverte de très bonne heure devant les pas de Clotilde, qui, revenue de son évanouissement, n'avait pas cherché un sommeil impossible, mais qui s'était empressée, au lever du soleil, d'aller demander à la famille Hauteclair un conseil et un secours.

Informés par elle du drame de la nuit et de ses terribles conséquences, M. Hauteclair et ses deux filles poussèrent des cris de douleur et de consternation.

L'absence signalée du docteur à l'heure du crime et son silence obstiné au sujet de cette absence constituaient pour tous une indéchiffrable énigme.

Cécile hasarda cette opinion :

— Si M. Duclos n'a pas voulu parler, c'est qu'il avait un motif impérieux pour garder cette attitude. Il y a encore du dévouement là-dessous, vous verrez. Ce qui vous semble peut-être une aggravation, un indice accablant, me paraît à moi de l'héroïsme. N'est-ce pas aussi ton avis, Marcelle ?

Comme Marcelle se taisait, en proie aux réflexions les plus lancinantes, son père se rappela un aveu qu'elle venait de faire au cours de l'entretien.

— Mais toi-même, Marcelle, tu n'étais pas dans ta chambre lorsque ta belle-mère est tombée sous le couteau de l'assassin ?

— Non, c'est vrai, balbutia-t-elle effarée.

— Où étais-tu donc ?

— Moi... je me trouvais au fond du parc..., à cent mètres du château.

Cécile avait dardé les yeux sur sa sœur. Elle fut frappée de l'altération de son visage et du timbre de sa voix.

Un soupçon douloureux se fixa dans son esprit comme une pointe acérée qui serait entrée dans sa chair.

Lorsqu'il fut décidé qu'on se rendrait le matin au château et qu'on accompagnerait Mme Duclos dans l'après-midi au dépôt de la Conciergerie, pour qu'elle pût voir son fils, Cécile dit à voix basse à Marcelle :

— Montons dans ma chambre, j'ai besoin de te parler sans témoins.

Dès qu'elles furent dans la chambre du premier étage, Cécile continua :

— Tu sais pourquoi je t'ai emmenée ici ?

— Je m'en doute. A cause du docteur Duclos.

— Oui, il faut le sauver.

— Tu as raison, sauvons-le.

— Car il est innocent du crime dont on l'accuse. Lui, un assassin ! Jamais !...

— Oui, certes, il est innocent, je le jure.

— Et moi donc ! Seulement, cette innocence, il faut la prouver.

— La prouver !... Oui, mais comment ? demanda Marcelle inquiète.

— Comment ?... Si nous ne trouvons pas, à nous deux, le moyen de le disculper, personne, m'entends-tu bien ? ne le trouvera. Alors, le docteur Duclos, poursuivi comme l'auteur d'un crime abominable, passera en cour d'assises. Il sera jugé et condamné. Il portera sa tête sur l'échafaud, à moins que des circonstances atténuantes ne permettent de lui laisser la vie, la vie du galérien, la vie du scélérat condamné aux travaux forcés.

— Non, non, s'écria Marcelle accablée par cette terrible perspective, il ne faut pas que cela soit, dussé-je...

— Quoi ! Tu as des preuves, toi ?

— Eh bien ! oui, et je les produirai, s'il le faut.

— S'il le faut, mais c'est indispensable, et, puisque tu hésites, je vais t'aider. Ces preuves, du reste, je les connais, je vais te les dire...

— Toi !... fit Marcelle tremblante.

— Oui, moi... je connais votre secret.

— Oh ! tais-toi !

— Si le docteur René Duclos ne parle pas, s'il ne veut pas avouer où il était à l'heure du crime, c'est à cause de toi, c'est qu'il ne veut pas prononcer ton nom !

— De grâce, Cécile ! Tais-toi.

— C'est bien vrai, alors ?...

Les deux sœurs frémissaient en face l'une de l'autre.

Cécile, très animée, l'œil étincelant, le visage empourpré d'une rougeur intense... Marcelle, pâle au contraire, courbant le front sous le poids d'une révélation écrasante. Elle releva enfin la tête. Sa résolution était prise.

— Oui, c'est vrai, dit-elle, nous étions ensemble. Je suis allée rejoindre le docteur à dix heures passées, hors du château, et nous nous sommes promenés jusqu'à onze heures et demie. C'est dans l'intervalle que la comtesse a été assassinée. M. Duclos est donc absolument étranger au crime.

— Oh ! fit Cécile avec un soupir prolongé.

— Qu'as-tu ? demanda Marcelle en la voyant chanceler.

— Rien... C'est fini ! Je suis heureuse, c'est le salut de notre ami. Mais je suis épouvantée pour toi. Que penser ? Que va-t-on dire ?

— Ecoute. Il faut que tu saches tout. Les apparences sont contre moi. Mais je ne suis pas aussi coupable que tu pourrais le croire.

— Que veux-tu dire ?

— Le docteur Duclos et moi, nous nous aimons, mais notre amour n'a rien de criminel. Nos relations se sont bornées à des causeries intimes, à des promenades secrètes comme celle de la nuit dernière. Rien de plus. Il n'y a que des imprudences, des légèretés. Il n'y a pas de faute plus grave. Si je te fais un pareil aveu, à toi, ma sœur, quoi qu'il m'en coûte, c'est pour que tu me conserves ton estime et que tu me le dises.

Marcelle pleurait en prononçant ces derniers mots.

Le ton sincère qu'elle avait mis à faire cette confession délicate, l'émotion qui la bouleversait, les regards suppliants qu'elle adressait à sa jeune sœur, amenèrent la persuasion dans l'esprit de cette dernière.

— Oui, je te crois, répondit Cécile à qui cette confession mettait un peu de baume dans le cœur.

— Merci, ma sœur, dit Marcelle. Maintenant, il ne me reste plus qu'à faire mon devoir. Quelles que soient les conséquences de ma démarche, j'irai trouver le juge d'instruction, je lui dirai que j'autorise M. Duclos à rompre le silence.

Cécile venait de réfléchir. Sa figure s'était illuminée d'une expression indéfinissable, empreinte à la fois d'amertume et de joie.

Elle posa sa main sur celle de sa sœur et dit d'un ton décidé :

— Non, tu ne feras pas cette démarche.

— Que signifie ?... répliqua Marcelle au comble de l'étonnement.

— Il ne faut pas que tu te montres dans tout cela.

— C'est toi maintenant qui me parles ainsi !

— Oui, ce serait trop de scandale. La fille aînée de M. Hauteclair, la comtesse Marcelle de Villegente ne doit pas être compromise.

— Mais Cécile !...

— Songe au déshonneur qui retomberait sur toi, une femme mariée. Songe à la honte qui rejaillirait sur nous, sur ton père, sur ta sœur. Non, encore une fois, il est impossible que tu parles au juge d'instruction.

— Mais René, qui le sauvera ?

— Moi.

— Toi, ma sœur ?

— Oui, je prendrai ta place, je jouerai ton rôle, j'irai trouver le juge, je lui dirai que M. Duclos a passé la soirée avec moi.

La figure de Cécile resplendissait d'un éclat superbe. Elle se dévouait pour sa sœur, elle se dévouait pour René, rien ne pouvait l'arrêter. Si sa robe immaculée de jeune fille devait être éclaboussée dans cette étrange aventure, si son âme candide devait souffrir de toutes les suppositions qui accueilleraient ses aveux, elle n'en avait aucun souci.

Mais Marcelle ne vit, dans la proposition de sa sœur, que le désir de prouver à M. Duclos un dévouement sans limites.

La jalousie la mordit au cœur.

— Non ! s'écria-t-elle, je n'accepte pas la substitution.

— Il faut pourtant que tu l'acceptes, puisque le salut du docteur est à ce prix. Il faut que je prenne ton rôle, puisque tu ne peux pas le remplir.

— Pas toi, non, pas toi !

— Ah ! Marcelle, tu ne l'aimes pas assez !

— Et toi, tu l'aimes peut-être trop !

— Ne crains rien, ma sœur. Quand il sera libre, je m'engage à ne plus le revoir.

— Vrai ? dit Marcelle sans voir la cruauté d'une pareille insistance.

— Aussi vrai que je t'aime, malgré la souffrance que tu me causes.

Les deux sœurs se jetèrent dans les bras l'une de l'autre et mélangèrent leurs baisers et leurs larmes.

— Allons, êtes-vous prêtes ? cria d'en bas la voix de M. Hauteclair.

— Nous descendons à l'instant, répondit Cécile.

Il était près de onze heures, lorsque la voiture de M. Hauteclair s'engagea dans l'allée de marronniers conduisant au château.

Trois automobiles attendaient au bas du perron, celle des Midoux qui avait amené la sœur et le beau-frère de la comtesse, les deux autres arrivant de Paris. En donnant cette information à l'industriel, le jardinier l'avait précisée ainsi :

— Dans l'un, le juge d'instruction; dans l'autre, des agents de police et l'assassin de Mme la comtesse.

— Le docteur René Duclos ! se récrièrent Marcelle et Cécile suffoquées.

— Oui, mesdemoiselles.

Elles se regardèrent avec terreur.

— J'ai l'ordre, ajouta le jardinier, de ne laisser entrer personne dans la chambre de madame la comtesse.

— La justice procède à une confrontation, dit M. Hauteclair à ses deux filles. Soumettre le docteur à une pareille torture, c'est la dernière des iniquités.

— Comme il doit souffrir ! dit Marcelle à Cécile.

— Il ne faut pas que cela dure, répliqua la plus jeune.

La scène qui se passait en ce moment dans la chambre mortuaire était en effet une scène de tortures inouïes pour le médecin.

Le juge d'instruction, M. Noblecourt, qui dirigeait l'enquête, était un homme de quarante-cinq ans, de haute taille, fort en couleur, bon mais d'une bonté difficile et dure, mal disposé en général envers les prévenus, mais apportant une intégrité sévère dans l'exercice de ses fonctions.

Le juge posa dans son cabinet à l'inculpé les mêmes questions que le commissaire de police. René Duclos fit les mêmes réponses.

Dès qu'ils furent dans la chambre mortuaire, le juge reprit :

— Reconnaissez-vous Mme la comtesse Louise de Villegente ?

— Oui, Monsieur le Juge.

— Demandez-lui pardon de votre forfait. Prouvez par votre franchise et par votre repentir que vous êtes un homme chez lequel tout bon sentiment n'est pas éteint. La justice appréciera ensuite le mobile qui vous a fait agir.

— Je vous déclare une dernière fois, Monsieur, que ce crime n'est pas le mien. On m'accuse d'un forfait atroce sur la dénonciation d'une mourante.

— De la victime.

— Oui, de la victime. Eh bien ! sur le corps même de la comtesse de Villegente, dont je déplore la fin tragique, dont je maudis l'assassin, je jure encore une fois que je suis innocent.

Lorsqu'il sortit les mains enchaînées et qu'il fut poussé par les agents dans la voiture qui allait l'emporter, Marcelle et Cécile, qui le regardaient d'une fenêtre du salon, ne purent retenir leurs sanglots.

— Tu vois bien, murmura Cécile à sa sœur, qu'il faut que je le sauve.

— Oui, sauve-le, Cécile, c'est moi qui t'en prie.

Resté dans le salon du château avec son greffier, le magistrat continua son enquête en interrogeant les personnes présentes. Il entendit, à sa grande surprise, un concert unanime d'éloges en faveur du prévenu. A tel point qu'il dit, s'adressant à M. Hauteclair :

— A supposer que le docteur Duclos ne soit pas coupable, il n'y a

— Oui, Monsieur, c'est « bonAmi » (page 45).

qu'un ennemi personnel de la comtesse qui l'ait assassinée, à moins que ce soit un fou errant dans le pays.

— Probablement, Monsieur le Juge.

— Que voulez-vous dire ? La comtesse avait un ennemi ?

— Oui, un ennemi mortel.

— Quel est le nom de cet homme ?

— Paul Ranoir.

— Où demeure-t-il ?

— Il est, ou du moins il doit être séquestré, comme alcoolique dangereux, dans l'asile d'aliénés de Bicêtre.

— Il est séquestré. Je m'explique maintenant qu'on n'ait pas songé à le dénoncer. Mais s'il était sorti récemment de l'asile ou s'il s'était évadé, il se pourrait qu'il fût l'assassin...

Sur la demande du magistrat, l'industriel raconta tout au long les aventures de Paul Ranoir, sa naissance, les hasards de sa vie, ses prétentions à l'héritage du comte Rodolphe, sa déconvenue à la levée des scellés, ses menaces continuelles contre la comtesse et son fils et finalement son agression sauvage contre ce dernier, à la suite de laquelle on l'avait interné.

M. Noblecourt avait écouté ce récit avec attention. Il invita le narrateur à l'accompagner à Bicêtre pour éclaircir ensemble le point capital de la présence ou de l'absence de Ranoir.

Le Directeur de l'établissement les conduisit lui-même au bâtiment de la Sûreté pour s'assurer du fait. Les visiteurs éprouvèrent une vive déception en constatant que Ranoir était là, bien présent.

Ils s'éloignèrent sans plus ample information.

On devine ce qui était arrivé.

Ranoir avait conçu de toutes pièces son exécrable attentat et il s'était ménagé un alibi irréfutable. S'il pouvait réintégrer la Sûreté de Bicêtre comme il l'avait quittée, sans être aperçu par âme qui vive, c'était l'impunité assurée. Jamais les soupçons ne tomberaient sur lui.

Or, cette combinaison, il l'avait réalisée de point en point, avec une rare adresse, avec un bonheur insolent.

Il avait retrouvé Perrine à son poste, échangé ses vêtements civils contre ceux de l'hospice et regagné son misérable gîte en franchissant au retour tous les obstacles comme à l'aller. Puis, il avait redressé, à la force du poignet, le barreau de sa fenêtre qui reprit sa place.

Sur sa recommandation, Perrine avait gagné un vieux puits creusé dans le voisinage, qu'elle déboucha en enlevant quelques planches et jeté par l'orifice toute la défroque de l'assassin, ainsi que le couteau à virole. Après quoi, elle s'était enfuie dans la direction de Villejuif.

Marcelle et Cécile attendaient leur père avec impatience. Elles étaient au courant de la démarche qu'il faisait en compagnie du juge d'instruction.

Lorsqu'elles en connurent le résultat, leur désolation fut sans bornes.

Cécile surtout paraissait très émue. Elle ne pouvait se rendre chez le juge sans le consentement de son père. Elle tremblait à l'idée de solliciter ce consentement, de faire à son père l'aveu d'une faute, qui n'était pas la sienne. Elle en prit tout de même la résolution.

Sachant que son père était entré dans sa chambre, elle se rendit auprès de lui, avec un visage grave et résigné... Elle se mit même à genoux, tandis qu'il la regardait avec une réelle anxiété:

— Mon père, dit-elle, vous avez toujours été bon pour moi. C'est dans cette bonté que je mets tout mon espoir. Je vais vous faire de la peine, beaucoup de peine. Je vous en demande pardon à l'avance.

M. Hauteclair eut un frémissement de frayeur. Il tendit la main à sa fille :

— Relève-toi, mon enfant. Assieds-toi là sur ce fauteuil, en face de moi, et parle maintenant, sans aucune crainte.

— Voici, mon père, ce que j'ai à vous dire. Il faut que nous sauvions un honnête homme, le docteur Duclos, du danger affreux qui le menace. Il faut le tirer tout de suite des horreurs de son cachot.

— Je ne demande pas mieux, ma chère enfant.

— Vous vous êtes assurément demandé, comme tout le monde, pourquoi le docteur se taisait quand on lui demandait l'emploi de son temps au moment du crime. La réponse qui vous est venue, c'est que M. Duclos se trouvait durant cette soirée en compagnie d'une femme dont il ne voulait pas donner le nom...

— Oui, sans doute, dit le père, surpris de voir Cécile effleurer un pareil sujet.

— Ne vous semble-t-il pas, mon père, que les souffrances de M. Duclos ont assez duré et que la femme pour laquelle il se tait ne doit pas permettre un plus long sacrifice. Cette personne doit parler, n'est-ce pas, mon père ? Elle doit se hâter de tout dire.

L'animation croissante de Cécile jeta le trouble dans l'esprit de M. Hauteclair. Il cherchait où elle voulait en venir. Il se sentait menacé par une révélation cruelle. Mais il ne pouvait deviner le caractère poignant de celle qu'il allait entendre.

— Oui, Cécile. Elle doit se hâter de tout dire.

La jeune fille se leva de son fauteuil, et, inclinant sa belle tête éplorée, elle dit d'une voix touchante :

— Vous venez, mon père, de me dicter mon devoir. J'irai trouver aujourd'hui même le juge d'instruction

Un voile se déchira devant les yeux de M. Hauteclair.

— Que dis-tu ? fit-il avec effroi.

— C'est moi qui dois parler au juge, qui dois sauver le docteur Duclos.

— Toi, toi, Cécile !

— Oui, moi, mon père.

— Ce n'est pas possible ! Tu te trompes, mon enfant. Ce n'est pas avec toi que M. René Duclos a passé la soirée d'hier ?

— Pardonnez-moi, mon père. C'est avec moi.

M. Hauteclair se dressa irrité, menaçant :

— Tu mens !... Tu n'as pas fait cela !... Non, tu ne t'es pas déshonorée à ce point !... Tu n'as pas jeté la honte dans cette maison !...

— J'ai dit la vérité, répliqua Cécile. Mais il ne peut y avoir ni déshonneur pour moi, ni honte pour vous.

La fureur de l'industriel ne connut plus de bornes. Sa face s'était soudain congestionnée. Il lançait à sa fille des regards foudroyants.

Il lui mit la main sur l'épaule et la meurtrissant sous une pression brusque, il la fit tomber sur le parquet en criant :

— A genoux, malheureuse, à genoux ! Comment as-tu osé me faire un pareil aveu ? Tu es une fille indigne, la dernière des créatures ! Je te chasse d'ici, va-t-en !

Cécile éclata en sanglots. Elle était blessée au cœur. Elle eut un moment de défaillance et crut qu'elle allait mourir. Mais, réagissant aussitôt contre cette faiblesse, elle leva vers son père ses yeux inondés de larmes.

— Je te jure, mon père bien aimé, que je ne mérite pas tant de colère. Ton mépris m'accable et me tue. Aie pitié de moi, aie pitié aussi de lui.

— De qui ? riposta le père exaspéré. De ton séducteur ?... D'un infâme ?... C'est trop d'audace de me parler de cet homme !... Ce Duclos pour lequel tu m'implores, ce Duclos qui a abusé de ton innocence, n'est qu'un misérable ! Il peut bien être un assassin !

Cécile se raidit sous l'outrage sanglant lancé contre celui qu'elle défendait en désespérée. Elle répondit d'une voix douce et ferme :

— Il n'est pas un misérable et je l'aime.

— C'est un misérable et c'est un assassin... Il s'est conduit chez moi en malhonnête homme, il s'est comporté ailleurs en bandit.

— O mon père, ne me maudissez pas, écoutez-moi. Votre fille Cécile n'a pas cessé d'être digne de vous, et l'homme que vous injuriez n'a jamais manqué de respect envers elle.

— Que veux-tu dire ?

— Je ne sais comment m'expliquer devant vous. Je suis confuse de ma démarche et brisée par vos imprécations. Mais je n'ai pas, je vous le jure, à rougir de moi en levant les yeux sur vous, mon père et mon juge.

— Oh ! je voudrais le croire. Eh bien ! il faut que je sois à même d'apprécier ta conduite et la sienne. Dis-moi tout ce qui s'est passé entre vous deux.

Cécile entreprit franchement, bien qu'un mensonge en fût la base, le récit de ses relations avec le docteur René Duclos, depuis le jour où il avait arraché si héroïquement la petite Rose à la mort. Elle dépeignit leurs rencontres fréquentes, l'aveu presque timide qu'ils s'étaient fait un jour de leur mutuelle tendresse, enfin les quelques escapades qu'ils avaient commises le soir depuis quatre semaines en se promenant à travers champs.

— Voilà la faute impardonnable ! se récria M. Hauteclair. Pourquoi ne m'as-tu pas avoué ces rendez-vous ?

— J'ai eu tort, mon père, absolument tort.

— Ainsi vous vous aimiez, vous sortiez tous les deux ! Mais alors, dis-moi, ma fille, car il a été convenu que tu ne me cacherais rien, il ne s'est livré envers toi à aucune privauté, il n'a pas osé te demander un baiser ?...

— Oh ! mon père, répondit-elle toute confuse, pour qui prenez-vous le docteur ? Pour qui prenez-vous votre enfant ?

M. Hauteclair poussa un soupir de soulagement.

— Bref ! tu veux le sauver en disant tout au juge d'instruction ?

— Oui, mon père.

— Soit, j'y consens, malgré le scandale que ta conduite peut faire éclater. Mais tant pis pour toi, ma fille, et tant pis pour moi, ton père. Seulement, retiens bien ceci : Si tu le sauves, il faudra qu'il t'épouse.

A ces mots, la porte s'ouvrit. Marcelle entra, rouge de larmes, et dardant sur sa sœur ses noires prunelles, striées d'éclairs. Il y avait une injonction menaçante dans son attitude.

Cécile l'observa et comprit aussitôt le sens de cette apparition inattendue.

— Je le sauverai, mon père, sans condition, répondit-elle. Il sera libre de faire ce que son honneur lui commandera.

— Chère petite sœur, dit Marcelle en l'embrassant avec effusion, que tu es bonne et généreuse, et combien je t'aime.

Il fut convenu que Cécile partirait le lendemain pour le Palais de Justice, à midi et demi, avec M. Hauteclair, de façon à voir le juge d'instruction assez tôt et de revenir avant quatre heures au château, pour l'enterrement de la comtesse de Villegente.

Le lendemain, à une heure, l'automobile s'arrêtait devant la grande grille du Palais de Justice.

M. Hauteclair en descendait avec sa fille et montait au troisième étage du bâtiment réservé aux juges d'instruction. Il avisa un gardien dans la salle d'attente et lui remit une carte de visite portant ces mots : « Mademoiselle Cécile Hauteclair prie M. le Juge d'instruction de vouloir bien l'entendre pour l'affaire Duclos de Villejuif. »

Ayant lu cette carte, M. Noblecourt fit entrer Cécile qui subit aussitôt l'interrogatoire d'identité imposé à tous les témoins.

Puis elle déposa :

— Le docteur Duclos a refusé jusqu'à présent de dire ce qu'il faisait au moment où la comtesse Louise de Villegente a été assassinée. Il a refusé d'établir son alibi. Je viens l'établir en son lieu et place.

— Vous, mademoiselle ?

— Oui, si M. Duclos s'obstine à garder le silence, c'est qu'il ne veut pas trahir un secret qui ne lui appartient pas à lui seul, c'est qu'il a passé la soirée en tête-à-tête avec une femme, avec une jeune fille, dont il ne veut pas livrer le nom. Ce nom, je vous l'apporte.

— Quel est-il ?

— Le mien. C'est moi, Monsieur le Juge, qui me trouvais avec M. Duclos durant cette fatale soirée.

Cécile avait un peu baissé la voix et les yeux en formulant ce douloureux aveu.

M. Noblecourt, très surpris de cette révélation, considérait attentivement la jeune fille dont l'attitude lui parut sincère.

Toutefois, un imperceptible sourire passa sur ses lèvres.

— En quel endroit étiez-vous en compagnie du prévenu ?

— Nous nous sommes promenés ensemble par les chemins du plateau de Villejuif, de dix heures à onze heures et demie.

— Mais, à onze heures ?

— A onze heures, nous étions sur la route qui va de Villejuif à Vitry.

— Vous avez une preuve de ce que vous avancez ?

— Comment ? Une preuve !... Vous voulez une preuve ?

— Sans doute.

— Vous avez mon aveu.

— Votre aveu, c'est très bien, mademoiselle. Comme homme, je ne le révoque pas en doute. Mais comme magistrat, je suis obligé de vous dire qu'il n'est pas suffisant et que vous devez apporter des preuves à l'appui.

— Ah ! c'est trop, c'est trop !... gémit Cécile consternée.

Elle n'en revint pas moins à la charge, mais toutes ses raisons et toutes ses prières ne purent prévaloir contre la fermeté du juge.

Elle sortit du cabinet en suffoquant.

En apprenant l'issue de cette démarche, M. Hauteclair montra un chagrin égal à celui de sa fille. Toutefois, il essaya de la consoler.

— Ne t'afflige pas de la sorte, mon enfant. Le docteur n'est pas encore perdu. En tout cas, tu as fait tout le possible pour le sauver.

Leur retour à Villejuif fut silencieux. Ils songeaient tous les deux aux tristesses et aux dangers de la situation qui leur semblait inextricable.

Ils arrivèrent à temps pour la cérémonie funèbre.

Nous ne décrirons pas les pompes lugubres de cette cérémonie, le désespoir de Fabien de Villegente et de sa tante, Henriette Midoux, l'énorme affluence du cortège, les marques de sympathie et de curiosité de la population sur le passage du convoi.

C'est en revenant du cimetière que Marcelle apprit de sa sœur l'échec de sa tentative. Elle resta confondue :

— Ma pauvre sœur ! Avoir subi l'humiliation d'une telle démarche et n'aboutir à rien !... C'est épouvantable !... Que lui faut-il donc, à ce juge ?...

— Ce qu'il lui faut? Une preuve.

— Une preuve?

— Oui, la preuve que je dis la vérité, c'est-à-dire un autre témoignage venant corroborer le mien.

— Attends donc! dit Marcelle en pressant le bras de sa sœur.

— Quoi?

— Cette preuve existe. Ce témoignage, nous l'avons.

— Où cela, fit Cécile haletante. Quel est donc ce témoin qui doit venir à mon secours?

— C'est ta filleule.

— La petite Rose?

— Oui, la petite Rose...

— Ah! ma pauvre Marcelle, dit Cécile désenchantée, ce n'est pourtant pas le moment des enfantillages ou des railleries.

— Mais c'est très sérieux, ma sœur. La petite Rose nous a réellement rencontrés, René et moi, sur la route de Vitry.

— A onze heures du soir?

— Oui, à onze heures du soir. Elle a même parlé au docteur. Elle tenait Bob en laisse, et le chien, nous reconnaissant à distance, l'avait entraînée vers nous en avant de M. et Mme Midoux, qui rentraient à pied à Villejuif.

— Alors, c'est bien vrai, cette rencontre?

— Oui, je te l'affirme.

— Pourquoi ne m'en as-tu pas encore parlé?

— Pourquoi? Tu vas le comprendre. Arrivée près de nous, Rose reconnut le docteur et lui adressa la parole. M. Duclos lui répondit à voix basse qu'elle ne devait parler à personne de cette rencontre, pas même à ses parents. La pauvre Rose le promit et je suis sûre qu'avec son dévouement pour Bon ami, elle a tenu sa promesse.

— Est-ce qu'elle t'a reconnue, toi aussi?

— Non. J'avais ramené sur ma figure une voilette très épaisse. Cette scène se passait sur la route de Vitry, à cent mètres du Moulin Saquet. Nous disparûmes dans un petit bois planté à droite du chemin, moi la première, René me suivant de près. Comme je croyais que ta déclaration suffirait pour disculper notre malheureux ami...

— Non, elle n'a pas suffi. Mais maintenant, nous avons la preuve demandée. Quel bonheur que vous ayez rencontré cette enfant!...

Le lendemain, deux automobiles parcouraient après midi la route de Villejuif à Paris et s'arrêtaient boulevard du Palais. L'une emportait, comme la veille, M. Hauteclair et sa plus jeune fille, l'autre la famille Midoux, y compris la petite Rose.

Le juge d'instruction était dans son cabinet.

Il reçut tous ces voyageurs l'un après l'autre, à l'exception de M. Hauteclair. Il les retourna dans tous les sens et constata la concordance exacte de leurs dépositions.

Celle de la petite Rose produisit le meilleur effet dès son début.

— Vous connaissez le docteur Duclos? demanda le juge.

— Oui, monsieur, c'est Bon Ami.

— Pourquoi l'appelez-vous comme ça?

— Parce que je l'aime beaucoup. Il m'a guéri une fois en se dévouant pour moi.

— Quelle maladie aviez-vous?

— Le croup.

— Ah! qu'est-ce qu'il a fait?

— Il m'a soufflé... Non, comment qu'on dit?...

— Aspiré!

— Oui, aspiré dans la bouche... Paraît que c'est très dangereux.

Le magistrat ne perdait pas l'enfant de vue. Il suivait le jeu de sa physionomie avec bienveillance, mais avec attention.

En même temps, le trait de dévouement qu'elle prêtait au jeune médecin fit une excellente impression sur son esprit.

L'interrogatoire continua. L'enfant avait réponse à tout.

Le juge d'instruction parut ébranlé. La précision des autres témoignages porta la conviction dans son esprit, au sujet de l'alibi du jeune docteur.

Toutefois, il ajourna sa décision au jour suivant, non sans avoir donné un peu d'espoir aux quatre témoins venus de Villejuif.

Le lendemain matin, il fit venir le prévenu dans son cabinet.

— Eh bien, monsieur Duclos, vous avez eu tout le loisir de la réflexion. Êtes-vous enfin décidé à m'indiquer l'emploi de votre temps pendant la soirée du crime ?

— Je n'ai aucune révélation à vous faire.

— On m'a dit qu'à onze heures, vous vous trouviez sur la route de Vitry, à cent mètres du hameau du Moulin-Saquet. Est-ce exact ?

— C'est exact.

— Avec qui vous promeniez-vous ?

— Je n'ai pas dit que j'eusse un compagnon.

— Ou une compagne. Je suis renseigné. J'ai reçu la visite et les confidences de Mlle Hauteclair.

— Mlle Hauteclair ?..

— Oui, elle m'a dit qu'elle vous accompagnait dans cette soirée.

— Comment ! la comtesse Marcelle vous a fait cette déclaration !..

— Il ne s'agit pas de la comtesse Marcelle, mais de Mlle Cécile Hauteclair qui m'a tout avoué pour obtenir votre justification. Elle m'a raconté tous les détails de l'excursion nocturne que vous avez faite en sa compagnie.

— Mlle Cécile Hauteclair ?

— Oui, Mlle Cécile Hauteclair.

Un voile se déchira brusquement devant les yeux du docteur. Il comprit aussitôt le rôle magnanime que la jeune fille avait joué dans cette circonstance.

Puisque Cécile s'était offerte pour sa sœur en victime expiatoire, puisqu'elle apportait au prisonnier une aide inespérée, il ne fallait pas qu'il écartât cette suprême chance de salut.

— Quelle noble jeune fille ! s'écria-t-il.

— Ainsi, tout cela est vrai ? Vous avez passé la soirée avec Mlle Hauteclair ?

— Avec... Mlle Hauteclair... C'est la vérité.

— Remarquez que je vous arrache les paroles de la bouche. Une question encore : N'avez-vous pas fait une rencontre sur votre chemin ?

— Oui, monsieur le juge, celle d'une enfant, la petite Rose Midoux, qui tenait son chien Bob en laisse.

— Bien. Que lui avez-vous dit ?

C'était là le point que le magistrat voulait éclaircir. Il était certain que, si l'inculpé faisait un récit identique à celui de l'enfant, il n'y avait plus de doute à garder sur la vérité de leurs affirmations. Car cet incident ne s'était produit qu'en dernier lieu, et aucun concert entre eux n'était admissible, puisqu'ils ne s'étaient pas vus depuis quatre jours.

René Duclos raconta au juge à son tour, dans les plus menus détails, la rencontre du Moulin-Saquet, l'arrivée inattendue de Rose entraînée par Bob, les termes de son rapide entretien avec l'enfant, et la recommandation expresse qu'il lui fit de ne pas le nommer.

L'alibi était démontré. M. Noblecourt n'hésita pas.

Il rendit aussitôt une ordonnance de non-lieu en faveur du prévenu et fit remplir en hâte toutes les formalités nécessaires pour sa mise en liberté.

René Duclos se sentit heureux de vivre.

Dès qu'il se trouva seul au dehors, respirant le grand air, libre de ses mouvements, après quatre jours de claustration complète et d'immobilité, il lui plut de donner de l'exercice à ses jambes en allant à pied du centre de Paris jusque sur la hauteur de Villejuif.

Chemin faisant, il réfléchit aux touchantes singularités de sa délivrance.

L'image de Cécile Hauteclair, se dévouant à sa cause jusqu'à sacrifier sa pudeur de jeune fille pour le sauver des plus grands périls, ne quittait pas son esprit.

Sans doute, elle avait voulu ménager la position de sa sœur, qui ne pouvait figurer, en quoi que ce fût, dans l'accomplissement de ce sauvetage. Mais rien n'était comparable à l'immensité du service qu'il en avait reçu.

Il lui devait la vie, et, plus que la vie, l'honneur.

A cette pensée qui l'exaltait, un sentiment profond de reconnaissance inondait son cœur.

Il en arriva vite à une autre conclusion.

Il avait une dette à payer, non, un devoir sacré à remplir.

La jeune fille, qui s'était ainsi compromise pour lui, ne pouvait être réhabilitée complètement que par lui. Il envisagea cette perspective avec une ferme résolution. Les fibres les plus intimes de son cœur en furent bouleversées.

La beauté de Marcelle s'estompait, perdait de son rayonnement. Celle de Cécile resplendissait du plus vif éclat.

Il se complut dans cette transformation jusqu'au terme de son voyage. En le voyant entrer dans leur maison, sa mère poussa un cri de joie et tomba presque évanouie dans ses bras en murmurant :

— Mon enfant !... Mon petit René !...

Il la soutint, la couvrit de baisers.

— Oui, c'est moi, ton fils, chère maman. Je reviens auprès de toi. Nous ne nous quitterons plus.

Dès qu'elle fut entièrement revenue à elle, il lui conta la fin, l'heureuse fin de la misérable aventure. Elle était déjà au courant de la noble et courageuse intervention de Cécile.

— Et maintenant, mère chérie, nous avons une tâche urgente à remplir tous les deux.

— Laquelle, mon fils ?

— Nous avons à prier M. Hauteclair de vouloir bien m'accorder la main de sa fille. Tu auras à faire la demande.

— Oh ! de grand cœur. Pourvu qu'il consente..., et elle aussi.

— En tout cas, j'aurai fait ce que je dois faire. Allons à la fabrique, ma mère. Il ne faut pas que cette démarche soit différée.

Déjà, la nouvelle de l'arrivée du docteur Duclos s'était répandue dans tout Villejuif, et la famille Hauteclair l'avait promptement apprise. Des sentiments de joie et d'appréhension s'étaient manifestés chez les deux filles. Le père gardait un maintien sévère.

Ils passèrent tous les trois au salon pour recevoir les deux visiteurs.

René alla droit au but.

— Monsieur Hauteclair, dit-il, je sors du Palais de Justice, reconnu innocent et libéré de toute poursuite, grâce au dévouement incomparable de Mlle Cécile, qui a sauvé mon honneur. Je vous devais ma première démarche. Me voici devant vous. Ma mère va vous en expliquer la cause.

— Monsieur Hautcelair, poursuivit Clotilde, je viens vous faire, au nom de mon fils, une demande dont je vous prie d'avance d'excuser la témérité.

— Laquelle, madame ? répondit gravement l'industriel.

— J'ai l'honneur de vous demander pour mon fils la main de Mlle Cécile, votre fille.

— Je vous répondrai sans hésitation, Madame, que j'attendais, que je désirais même cette démarche de votre part. Malgré les griefs fâcheux que j'ai contre votre fils, malgré les reproches légitimes que je pourrais lui adresser, je préfère un arrangement honorable à une rupture qui ne satisferait personne. Nos enfants ont prouvé qu'ils s'aimaient. Leur consentiment réciproque n'est pas douteux. Leur mariage terminera, d'une façon correcte, une liaison aventureuse. Je vous accorde de tout cœur la main de ma fille.

Pendant cette conversation, Cécile et Marcelle donnaient les signes d'une agitation extraordinaire. Une vive contrariété se lisait sur leurs deux visages.

— Pardon, mon père, dit Cécile en se levant, vous disposez de moi sans mon aveu.

La jeune fille avait pris son parti, avec la générosité d'allure, avec la bravoure qui formait le fond de son caractère.

Pouvait-elle épouser l'homme qui aimait Marcelle et qui en était aimé ? Non, jamais.

Et pourtant, elle se sentait attirée vers lui par une affection sans bornes. Elle l'aimait à en mourir.

Mais le cœur de René appartenait à une autre femme. Elle n'aurait donc en partage que des caresses hypocrites, que les marques d'une tendresse simulée.

Non, elle n'accepterait jamais cela.

Tout ou rien, telle est la devise de l'éternel amour.

En entendant sa fille, M. Hauteclair bondit sur son siège :

— Sans ton aveu !... s'écria-t-il. Mais il me semble que tu aimes M. Duclos et que même tu l'as trop fait voir.

— Quoi qu'il en soit, mon père, je ne veux pas me marier.

— C'est trop fort. Mais tu n'as pas ta raison, ma pauvre enfant !

— Réfléchissez bien, ma chère mignonne, dit Mme Duclos avec émoi, s'il est vrai que vous vous aimiez, vous et René, consentez à être heureux ensemble.

— Mademoiselle Cécile, je vous en prie, balbutia René abasourdi.

Marcelle assistait à cet émouvant débat, sans y prendre part, mais avec une profonde angoisse. Elle comprenait la lutte cruelle que Cécile engageait contre elle-même, en se sacrifiant encore pour sa sœur aînée. Un tel dévouement commençait à l'attendrir et à la vaincre.

Les dernières paroles de René, prononcées avec une émotion qui trahissait la plus vive sympathie, entraînèrent la détermination de Marcelle. Elle eut enfin pitié de sa sœur, qui avait tant fait pour elle ; elle voulut lui donner à son tour une preuve de tendresse en détruisant le gros obstacle dressé devant ses pas :

— Oui, mon adorée Cécile, puisque M. Duclos t'en prie, n'hésite pas à lui donner ta main.

— Toi aussi, Marcelle !... fit Cécile transfigurée.

— Oui, ma chérie, c'est mon vœu le plus cher.

La jeune fille tendit aussitôt sa main droite au docteur qui la porta à ses lèvres.

Trois mois s'écoulèrent avant la célébration du mariage.

Durant cet intervalle, on apprit le décès de Paul Ranoir qui succomba au *delirium tremens* dans un cabanon de Bicêtre, après s'être flatté de la vengeance qu'il avait exercée contre la comtesse de Villegente.

D'autre part, Marcelle se vit contrainte d'entamer une action en divorce contre le comte Fabien pour sévices et abandon complet du domicile conjugal.

Quant à la petite Rose, elle goûta un bonheur sans mélange en s'acquittant d'une fonction charmante, celle de demoiselle d'honneur, au mariage de sa chère marraine avec Bon-Ami.

FIN

36.405 — Imp. Bourse de Commerce (G. Bureau), 35, rue J.-J. Rousseau, Paris.

www.ingramcontent.com/pod-product-compliance
Ingram Content Group UK Ltd.
Pitfield, Milton Keynes, MK11 3LW, UK
UKHW021000220726
13924UKWH00002B/809

9 782019 931506